錦糸町のトコちゃん

プチ透子

東京図書出版

この物語《ものがたり》はフィクションですが、あの頃《ころ》のあなたが書《か》かれているかもしれません。

錦糸町《きんしちょう》のトコちゃん ❖ 目次《もくじ》

物語《ものがたり》のはじまり

東京《とうきょう》の東側《ひがしがわ》に、錦糸町《きんしちょう》という街《まち》があります。スカイツリーが近《ちか》くにあるということでも知《し》られています。

一九七〇年頃《ねんごろ》、その街《まち》には、まだスカイツリーはなくて、楽天地《らくてんち》や江東《こうとう》デパート、ロッテ会館《かいかん》が大《おお》きな建物《たてもの》として目立《めだ》っていました。

錦糸町《きんしちょう》の駅《えき》から、歩《ある》いて五分《ごふん》のところに、十階建《じゅっかいだ》てのアパートがあって、トコちゃんはそこの十階《じゅっかい》に住《す》んでいました。

一九六二年《ねん》に完成《かんせい》したそのアパートは、ニューヨークにあるアパートのようなデザインで、キッチンやトイレは、当時《とうじ》としては最新式《さいしんしき》の設備《せつび》を誇《ほこ》っていました。

そのアパートを一歩外《いっぽそと》に出《で》ると、錦糸町《きんしちょう》の街《まち》は、戦後《せんご》からの雰囲気《ふんいき》も残《のこ》していました。

東京《とうきょう》の下町《したまち》は空襲《くうしゅう》で焼《や》けてしまった家《いえ》も多《おお》かったので、木造平屋建《もくぞうひらやだ》ての家《いえ》はあまり残《のこ》っていなかったけれど、駅前《えきまえ》から小《ちい》さな雑居《ざっきょ》ビルがゴチャゴチャと建《た》ち並《なら》んでいて、八百屋《やおや》、魚屋《さかなや》、洋食屋《ようしょくや》、そば屋《や》、人形焼屋《にんぎょうやきや》、駄菓子屋《だがしや》、小間物屋《こまものや》、履物《はきもの》屋《や》、荒物屋《あらものや》、バー、キャバレーなどが、活気《かっき》とにぎわいを見《み》せていました。

トコちゃんは、いつもアパートの十階《じゅっかい》から錦糸町《きんしちょう》の街《まち》を見下《みお》ろして、人々《ひとびと》の生《せい》活《かつ》を観察《かんさつ》するのが大好《だいす》きでした。近所《きんじょ》の知《し》り合《あ》いのおばさんがエプロン姿《すがた》で歩《ある》いているのを見《み》かけたりしました。

アパートの隣《となり》には錦糸堀公園《きんしぼりこうえん》があって、そこではだいたい誰《だれ》か友達《ともだち》が遊《あそ》んでいました。

砂場《すなば》で山《やま》を作《つく》っているエリちゃん、ブランコに乗《の》っているゆうくん、ゾウのすべり台《だい》をすべっているゆたかくん、ジャングルジムに登《のぼ》っているようこちゃんなど。

トコちゃんは時々《ときどき》、アパートの十階《じゅっかい》から公園《こうえん》にいる友達《ともだち》に声《こえ》をかけることもありました。

「ゆうくん！」

「トコちゃーん、いっしょにあそぼうよ」

「うん、いま行《い》く！」

台所《だいどころ》にいるお母《かあ》さんに、

「公園《こうえん》に行《い》ってくるね」

と伝《つた》えると、お母《かあ》さんは、

「四時《よじ》までには帰《かえ》ってくるのよ」

と言《い》いました。

「はーい」


エレベーターで一階《いっかい》まで下《お》りて公園《こうえん》に行《い》くと、ちょうどおでん屋《や》さんの屋台《やたい》が来《く》る音《おと》が聞《き》こえてきました。

「チン、チリン、チン、チリン」

おでん屋《や》さんのおじさんは、屋台《やたい》を引《ひ》っ張《ぱ》りながら、片手《かたて》でハンドベルを振《ふ》り、リズミカルに音《おと》を鳴《な》らしていました。

「あっ、おでん屋《や》さんだ」

子《こ》どもたちは一斉《いっせい》に、公園《こうえん》の脇《わき》に止《と》まった屋台《やたい》に走《はし》り出《だ》しました。

「たまご、ください」

「ぼくはこんにゃく」

「はい、一本十円《いっぽんじゅうえん》ね」

トコちゃんも、おでんを買《か》いたかったけれど、その日《ひ》はお金《かね》を持《も》っていませんでした。

もしお金《かね》を持《も》っていたら、ちくわぶを食《た》べたいなと思《おも》いながら、屋台《やたい》のちくわぶを見《み》つめていました。汁《しる》につかって茶色《ちゃいろ》になったちくわぶはとてもおいしそうで、お腹《なか》がぐうと鳴《な》りました。


しばらく友達《ともだち》と遊《あそ》んで家《いえ》に帰《かえ》ると、お母《かあ》さんが夕《ゆう》ごはんを作《つく》っていました。

「今日《きょう》はおでんよ」

お鍋《なべ》の中《なか》には、ちくわぶも入《はい》っていました。

「ちくわぶ、さっき、おでん屋《や》さんで食《た》べたいなって思《おも》ったの」

「そう。うちだったら、好《す》きなだけ食《た》べれるわよ」

お昼寝《ひるね》をしていた弟《おとうと》も起《お》きてきて、

「ぼく、ちくわぶ」

と、お鍋《なべ》の中《なか》をのぞきました。弟《おとうと》もちくわぶが大好《だいす》きなのです。

「ただいま」

しばらくすると、お父《とう》さんも帰《かえ》ってきました。

「おお、今日《きょう》はおでんか。寒《さむ》くなってきたからいいなぁ」

お父《とう》さんは久《ひさ》しぶりに仕事《しごと》に行《い》って、少々疲《しょうしょうつか》れているようでしたが、笑顔《えがお》でそう言《い》ったので、お母《かあ》さんはうれしそうでした。

夕《ゆう》ごはんを食《た》べた後《あと》は、お風呂《ふろ》に入《はい》って、テレビの『連想《れんそう》ゲーム』を見《み》ながら、トコちゃんはいつの間《ま》にか寝《ね》てしまいました。

お父《とう》さんが連想《れんそう》ゲームの答《こた》えを大声《おおごえ》で言《い》っているのが、夢《ゆめ》の中《なか》まで聞《き》こえてきました。

ここからは、トコちゃんの話《はなし》を聞《き》いてみましょう。

○お父《とう》さん

わたしのお父《とう》さんは、本《ほん》が大《だい》すきで、いえにいるときはいつも本《ほん》をよんだり、なにかをかいたりしている。

あと、「いご」も好《す》きで、日《にち》よう日《び》はよく三《さん》チャンの、いごのばんぐみをみている。

「どの人《ひと》がつよいの？」

とわたしが聞《き》くと、

「そうだなぁ、どの人《ひと》もつよいけれど、お父《とう》さんは、『さかたえいお』と『むらかみぶんしょう』をおうえんしてるんだよ。むらかみぶんしょうっていうのはプロではなくってアマチュアなんだけど、とてもつよくてね……」

と、むずかしいことを、ずっとしゃべっていた。

わたしは、じぶんからきいたのに、あきてしまった。

お父《とう》さんは、だいがくのせんせいで、じゅぎょうがない日《ひ》は、うちにいることもある。

「だいがくふんそう」というのがあって、だいがくにいけないときもあった。

それがおわってからも、お父《とう》さんはでんしゃにのると、あせが止《と》まらなくなって、とちゅうででんしゃをおりて、いえにもどってくることがあった。

錦糸町《きんしちょう》の駅《えき》までいかないで、公園《こうえん》のベンチにすわっていたこともあった。わたしは十《じゅっ》かいから、みたことがある。

でも、お父《とう》さんがかえってくると、お母《かあ》さんはなにもきかずに、

「おかえりなさい、いま、おちゃをいれますね」

とやさしくいうので、お父《とう》さんは、えがおになって、だいどころのいすにすわっ

た。

だいがくって、きっとこわいところなんだとおもう。

このまえ、みしまゆきおのじけんがあったけれど、みしまゆきおも、だいがくで、じゅぎょうをしたことがあるらしい。

でもお父《とう》さんとお母《かあ》さんがしりあったのはだいがくだったから、だいがくがなかったら、わたしも、おとうとも、生《う》まれなかったことになる。

それはイヤだし、今《いま》ここで、

(だいがくはこわい)

ってかんがえてるわたしもいなかったことになる。


とにかくお父《とう》さんが、げんきになってくれたらいいなとおもう。

わたしもお母《かあ》さんのように、お父《とう》さんにやさしくしようとおもう。

そしてできるだけ、わたしのことでお母《かあ》さんにしんぱいをかけないようにしなくちゃいけない。

でも、かならず一日一回《いちにちいっかい》はお母《かあ》さんにおこられてしまう。

今日《きょう》も、おきてから、パジャマのままでおとうととふざけていたら、お母《かあ》さんに、

「はやくきがえてたべなさい！」

とおこられた。

あしたはぜったい、おこられないようにするぞ、ってきのう、こころのなかできめたのに、もうあさからおこられてしまった。

ダメだなぁ。もっとしっかりしなくっちゃ。

○おとうと

わたしのおとうとは、「タケル」という名前《なまえ》で、わたしが三《さん》さいのときに生《う》まれた。

おとうとが生《う》まれたときのこと、わたしはおぼえていない。でもお母《かあ》さんがよく、

そのときのはなしをする。

「トウコはね、それまでしっかりした子《こ》だったのに、きゅうにあまえんぼうになってしまったのよ」

「えー、どんなふうに？」

「それまでひとりでおしっこ、うんちをしていたのに、きゅうにひとりでおしりをふけなくなってしまったの。トイレから、

『ふけなーい』

ってさけんでいたのよ」

「えー、ぜんぜんおぼえてない。それでどうしたの？」

「そのころ、用賀《ようが》のおばあちゃんが、

『タケルが生《う》まれたばっかりで、たいへんだから』

って、てつだいにきてくれていて、それで、

『トコちゃんったら、赤《あか》ちゃんがえりしちゃったのね。よしよし、おばあちゃんがふいてあげるよ』

ってトイレにいってくれたの」

「ふうん」

「そのほかにも、たいへんなことがあったわ。お母《かあ》さんが台所《だいどころ》にいたら、たたみのへやから、くるしそうな、

『うう、うう』

っていう、タケルの声《こえ》がきこえてきたの。みたらタケルの上《うえ》にざぶとんをのせて、トウコがその上《うえ》にすわっていたの。あわててざぶとんをはずしたけれど。きっとタケルにやきもちをやいていたのね。それまではお母《かあ》さんをひとりじめしていたから」

わたしはそんなこと、ぜんぜんおぼえてなかった。

いまは、おとうとのことを、たいせつにしている。

おとうとは、かおがまんまるで、いつもニコニコしている。

お母《かあ》さんは、かおがまるいタケルのことを「おだんごぼーや」とよんでいる。

おとうとは、ミルクのような、いいにおいがする。

とくに、くびのうしろがいいにおいなので、わたしはいつも、おとうとのえりをひっぱって、においをかぐ。

そうするとおとうとは、

「んー、やだー」

といやそうなかおをしたり、ないたりすることもある。

お母《かあ》さんは、

「やめなさい！」

っておこるけれど、やっぱりいいにおいだからかいでしまう。

このことで、一日一回《いちにちいっかい》は、お母《かあ》さんにおこられてしまう。

おとうとのこと、たいせつにしてるんだけど、においだけはかいでしまう。

みどりようちえん

○ようちえん

わたしはこんど、ようちえんに入《にゅう》えんした。

すみだくりつ、みどりようちえんは、ねんちょうさんだけのようちえん。

せいふくはクリームいろのスモッグと、赤《あか》いベレーぼう。

わたしはゆりぐみ。もう一《ひと》つ、さくらぐみもある。

ゆりぐみのせんせいは、「島田《しまだ》ゆうこ」せんせい。島田《しまだ》せんせいは、とてもやさしい。

にゅうえんしきのときは、きものをきているお母《かあ》さんもいた。くろいはおりをはおっているお母《かあ》さんも三人《さんにん》いた。

うちのお母《かあ》さんは、ようふくだった。

「トウコがうまれたとき、かったから、ちょっときついの」

といいながら、みたことのない、よそいきのふくをきていた。


ようちえんにいく時《とき》は、お母《かあ》さんとタケルの三人《さんにん》で「とでん」にのる。

錦糸堀《きんしぼり》の駅《えき》からのって、「錦糸堀車庫前《きんしぼりしゃこまえ》」、「江東橋《こうとうばし》」、「緑町三丁目《みどりちょうさんちょうめ》」、そして「緑町二丁目《みどりちょうにちょうめ》」の駅《えき》でおりる。

かいてあるかんじは、まいにちみるので、ぜんぶおぼえた。

とでんはクリーム色《いろ》で、赤《あか》いせんが入《はい》っている。

でんしゃの上《うえ》には、アンテナがついている。

どうろにある、せんろの上《うえ》をはしっていく。

しゃしょうさんが、ときどき「チンチン」とベルをならす。

とでんにのると、タケルは、うんてんしゅさんを、じっとみている。

そしてうちで、うんてんしゅさんごっこをする。

ハンドルをうごかすふりをしながら、

「チンチン、つぎはーこうとうばしー、こうとうばしー」

と言《い》っている。

わたしは、タケルのうしろにすわって、おきゃくさんになってあげる。

ようちえんで「ふみえちゃん」という友《とも》だちができた。
ふみえちゃんのお父《とう》さんは、「こくてつ」につとめている。
錦糸町駅《きんしちょうえき》のちかくに、「かんしゃ」があって、ふみえちゃんはそこに、お父《とう》さん、
お母《かあ》さん、おねえさんと四人《よにん》ですんでいる。
ふみえちゃんは、おねえさんがいるから、わたしよりも大人《おとな》っぽい。
ハンカチや、かみにつけるパッチンどめも、おしゃれなかんじがする。
ふみえちゃんといっしょにあそぶと、とてもたのしい。
ともだちになってすぐ、家《いえ》にもあそびにいった。
ふみえちゃんのおねえさんと三人《さんにん》で「生《い》き残《のこ》り頭脳《ずのう》ゲーム」をやった。

このゲームは、よくテレビのコマーシャルでやっていて、やってみたいなぁとおもっていたので、うれしかった。


ようちえんの近《ちか》くに「みどりとしょかん」がある。

入《はい》ると、たくさんの本《ほん》のにおいがした。

子《こ》どもの本《ほん》のコーナーもある。

わたしはそこに行《い》って、読《よ》みたいような本《ほん》があるかどうか、さがした。

そして『ちいさなうさこちゃん』『おおきな　きが　ほしい』の二《に》さつをかりた。

いろいろな本《ほん》があるから、としょかんにいると、あっというまに、じかんがすぎる。

二《に》しゅうかんご、かりた本《ほん》を、かえしにくるから、また、としょかんに、くるよていになっている。

○にちようび

きょうは、かぞく四人《よにん》で「とうひょう」にいった。

両国《りょうごく》こうこうまで、あるいていった。

こうていの、てつぼうの前《まえ》で、お母《かあ》さんが、

「ここでまっててね。お父《とう》さんとお母《かあ》さんは、とうひょうして、すぐかえってくるから」

といった。

「はーい」

タケルとわたしは、てつぼうにぶらさがったりしながら、お父《とう》さんとお母《かあ》さんがもどってくるのをまった。

まわりをみると、うちのかぞくのような人《ひと》たちがいっぱいいた。

お父《とう》さんとお母《かあ》さんがかえってきてから、

「ねえ、とうひょうってなあに？」

と聞《き》いた。

「とちじをきめるのよ。どの人《ひと》がいちばんいいか、かみにかいて、はこに入《い》れるの。そしていちばん名前《なまえ》がおおかった人《ひと》がとちじになるの」

と、お母《かあ》さんはいった。

「ふうん」

とちじってなんだろう、とおもったけれど、きっと東京《とうきょう》のえんちょう先生《せんせい》みたいなものかな、とかんがえた。


とうひょうのあと、楽天地《らくてんち》のまえを、とおった。

楽天地《らくてんち》では、「東映《とうえい》まんがまつり」がまだやっていた。

かんばんに、「魔法《まほう》のマコちゃん」のかおも、かかれている。

楽天地《らくてんち》のまわりは、いつもひとがいっぱいで、がやがやしている。

しんごうをまっていたら、

「ピーポーピーポー」

と、とおくから、きゅうきゅうしゃのおとがきこえてきて、きゅうきゅうしゃは、楽天地《らくてんち》の中《なか》にはいっていった。

「なんだろうね」

お父《とう》さんとお母《かあ》さんは、しんごうが、あおにかわったのに、わたらずに、楽天地《らくてんち》の中《なか》をのぞきこんだ。

三《さん》ぷんくらいすると、ふとったおじさんがはこばれてきて、車《くるま》の中《なか》にいれられた。

「ああ、サウナでたおれた人《ひと》ですかねぇ」

「そのようですねー」

お父《とう》さんは、しらないおじさんとしゃべっていた。

きがつくと、うちのかぞくのほかにも、やじうまがいっぱいいた。

きゅうきゅうしゃがいってしまうと、やじうまは、みんなさっていった。

次《つぎ》の日《ひ》、テレビのニュースでアナウンサーが「みのべさん」という人《ひと》がとうせんして、とちじにえらばれた、といっていた。

お父《とう》さんは、

「やっぱり、みのべさんだな」

とだけいって、げんかんのしんぶんをとりにいった。

「ねえ、お父《とう》さんと、お母《かあ》さんは、だれにとうひょうしたの？」

わたしがきくと、お母《かあ》さんは、

「そういうのは、あまり人《ひと》にきかないほうがいいのよ。まあ、ごそうぞうにおまかせします」

といった。

○ゆうくん

ゆうくんは、うちのとなりにすんでいる。

わたしより一《いっ》さい下《した》で、亀戸《かめいど》の、まんとみようちえんにかよっている。

うちと、ゆうくんちの、ベランダのあいだには、かべがある。

わたしとタケルが、ゆうくんとあそびたい時《とき》は、かべのすき間《ま》から、

「ゆうくーん、んーん、るーるーるー♪」という、うたをうたう。

するとすぐにゆうくんは「おう！」とベランダに出《で》てきてくれる。

そのままおしゃべりしたり、アパートのおくじょうに上《あ》がったりして、いっしょにあそぶ。

ゆうくんは、すごくげんきで、いつもはしりまわっている。

タケルは、ゆうくんのうしろを、いつもおいかけて、いっしょにはしりまわっている。

仮面《かめん》ライダーの「へんーしーん」のポーズを、二人《ふたり》でならんでやったりする。

ゆうくんが「はしか」にかかったとき、わたしとタケルも、すぐ、はしかになってしまった。

わたしが「おたふくかぜ」になったときは、ゆうくんのおばさんが、

「ゆうも、うつっておいたはうがいいから、トコちゃんたちとあそびなさい」

といって、いつものように、あそんだ。

そして、ゆうくんもすぐ「おたふくかぜ」になった。


ゆうくんちのおばさんは、かんごふさんをやっている。

びょうきにくわしいので、うちのお母《かあ》さんは、よく、ゆうくんちのおばさんに、びょうきのそうだんをする。

ことし、ゆうくんちには、さとみちゃんがうまれて、二人《ふたり》きょうだいになった。


ゆうくんちのおじさんは、両国《りょうごく》の「やっちゃば」で、しごとをしている。

やさいや、くだものを、たまにおすそわけしてくれる。

このまえは、「キウイフルーツ」という、めずらしいくだものをくれたので、はじめてたべた。

みどりいろで、あまずっぱくて、小《ちい》さいたねがカリカリして、おいしかった。

わたしはお母《かあ》さんに、

「ゆうくんちのおじさんって、しんせつだねぇ」

といった。するとお母《かあ》さんは、

「そうねぇ。でもおばちゃんがいってたけど、そとづらがいいんですって」

「そとづら、って？」

「そとの人《ひと》には、しんせつだけど、かぞくには、けっこうわがままってこと」

「へぇ」

「くだものとかをたくさんかってきて、人《ひと》にどんどんあげちゃって、おこづかいがたりなくなって、おばさんにお金《かね》をくれ、っていうらしいの。ゴルフのしゅみもおかねがかかるしねぇ」

「ふうん」


よくじつ、おくじょうで、ゆうくんのおじさんがゴルフのすぶりをしていた。

「おお、トコちゃん、ここであそぶんだね、ごめんね、もうおわりにするからね」

おじさんはとってもしんせつだった。

キウイフルーツのおれいをいおうとおもったけれど、なんていっていいのか、わからなかったし、はずかしかったので、なにもいわなかった。

○だがしやの「こおりさん」

公園《こうえん》にあそびにいくとき、「こおりさん」にも、いくことがある。

こおりさんは、だがしやで、公園《こうえん》のよこにある。

おみせのうえには、かんばんがあって、「郡菓子店《こおりかしてん》」と、かいてある。そのよこには、あおみどりいろで「Ｆａｎｔａ《ファンタ》」と、かいてある。

こおりさんにいくときは、お母《かあ》さんに、

「十円《じゅうえん》ちょうだい」

という。そして十円《じゅうえん》をもって、おみせにいく。

おみせには、きなこもち、ふがし、ベビースターラーメン、ホームランバーやチューチューアイスなどがある。

どれにしようか、なやむときもあるけれど、あとからどんどん、子《こ》どもたちがくるから、あまりながくはいられない。

それにおみせのおばあちゃんがこわいから、いい子《こ》にしていないといけない。うるさい子《こ》がいたり、じゅんばんをまもらない子《こ》がいたりすると、

「こらっ、しずかにしなさい！　ズルしたらダメ」と、おこられる。

しょうがくせいのおとこの子《こ》たちは、おばあちゃんのことを、かげで、

「こおりのババア」とよんでいる。

となりのゆうくんや、うちのタケルも、しょうがくせいの、まねをして、

「こおりのババア、うるせえなー」

とかいっている。

公園《こうえん》でタケルは、いつのまにか、しらないおとこの子《こ》たちと、ともだちになっていた。

おこづかいは、もらってないのに、いつのまにか、メンコやスーパーボールをいくつかもっていた。

「これ、どうしたの？」

と、きいたら、

「ヒロシくん」

と、タケルはいう。もらったみたい。

ヒロシくんは、たぶんあの、いちばんボスみたいな人《ひと》だとおもう。

タケルは、しょうがくせいたちに、かわいがられているみたい。

ニコニコして、くっついてくるから、大《おお》きい子《こ》にも、かわいがられるんだなぁ、
とおもった。

○たいちょう

ようちえんで、かずのぶくんという友《とも》だちもできた。

かずのぶくんは、あさ、ようちえんにいく時《とき》に、とでんの中《なか》であう。

かずのぶくんは「江東橋《こうとうばし》」の駅《えき》から、お母《かあ》さんといっしょに、とでんにのってく

る。

かずのぶくんがのってくると、わたしはすごくうれしくなる。

そしてかずのぶくんに、いろいろとはなしかける。

でもかずのぶくんは、おとなしいので、じぶんからはあまりはなしをしない。

かずのぶくんは、せがたかくて、かっこいいとおもう。

せんしゅうから、わたしは、かずのぶくんのことを「たいちょう」とよぶことにした。

なんとなく「たいちょう」っぽいし、あうと「けいれい！」をしたくなる。

そしてかずのぶくんのうしろをついていきたくなる。

うちのお母《かあ》さんは、

「たいちょうにあうと、トウコはすっごくはしゃいで、いつもとは、ちがう子《こ》みたいになるわね」

といった。

きのうは、えんそくで「きよすみていえん」にいった。

おべんとうのじかんに、わたしは、たいちょうのすぐちかくにシートをひいて、おにぎりをたべた。

たいちょうは、あまり、はなしをしなかったけれど、もってきたアポロチョコレートを一《いっ》こくれた。

だからわたしはたいちょうに、サクマのいちごみるくを一《いっ》こあげた。

○やよいちゃん

うちの、ななめまえに、やよいちゃんのいえがある。

やよいちゃんちの入《い》り口《ぐち》には、くまが、さかなをくわえている、おきものがある。

うちのお母《かあ》さんと、ゆうくんのおばさん、やよいちゃんのおばさん。

三人《さんにん》は、よく、おちゃをのみながら、おしゃべりをする。

しゃべることは、お父《とう》さんのこと、いなかのおじいちゃんやおばあちゃんのこと、かいもののことなど。

やよいちゃんのおばさんは、東京《とうきょう》の下町《したまち》うまれなので、しゃべるのが早《はや》い。

ゆうくんのおばさんは、しまねけんの「おき」のうまれなので、ゆっくりしゃべる。

うちのお母《かあ》さんは、東京《とうきょう》のせたがやのうまれなので、ちゅうくらいの早《はや》さでしゃべる。

わたしと、やよいちゃんは、お母《かあ》さんたちがしゃべっているとなりのへやで、リカちゃんごっこをする。

わたしがもっているのは、「リカちゃん」と「ゴロちゃん」と「リカちゃんハウス」。

やよいちゃんは、まだ一《いっ》さい五《ご》カ月《げつ》。いつもよだれかけをしている。まだすこししかしゃべれない。でも、わたしとあそんでいるときは、たのしそう。

「そういえば、タケルとゆうくんは？」

「おくじょうかしら？」

おくじょうへ、わたしと、やよいちゃんも、さんりんしゃをもって、いってみる。

すると、タケルとゆうくんは、いつものように、仮面《かめん》ライダーのポーズをしたり、はしったりしていた。

おくじょうからは、錦糸町《きんしちょう》がよくみえる。

「LOTTE《ロッテ》」と、かいてあるロッテ会館《かいかん》が、あおくキラキラひかってる。あたらしくてかっこいい。

「楽天地《らくてんち》」「富士銀行《ふじぎんこう》」「日本盛《にほんさかり》」というかんばんもみえる。

わたしたちのいえは、十《じゅっ》かいだから、すぐ、おくじょうにいける。

おくじょうには、「しょうきゃくろ」があって、すんでる人《ひと》は、ここでゴミをぜんぶもやす。

うちは、しょうきゃくろの、したあたりのばしょにあるから、ねつがつたわるらしい。

お母《かあ》さんは、よく、

「ふゆはあったかいけど、なつは、あつくて、じごくだわ。錦糸町《きんしちょう》は、用賀《ようが》よりあついのよ」
といっている。

○お母《かあ》さんと、しゅげい

お母《かあ》さんは、わたしがようちえんに入《はい》ってから、「きめこみにんぎょう」をならいはじめた。

ようちえんの、さとこちゃんのお母《かあ》さんが、きめこみにんぎょうのせんせいをやっているので、ほかのお母《かあ》さんたちも、ならいはじめた。

うちのお母《かあ》さんは、しゅげいがとくいで、わたしのようふくや、てさげぶくろ、なんでもつくってくれる。

ようちえんのコップをいれる、きんちゃくぶくろには、ししゅうをしてくれた。二《に》ひきのアリさんが、ダンスをしている。

糸《いと》、はり、チャコペーパーは、うちのとなりのとなりにある「みのや糸店《いとてん》」で、いつもかっている。

お母《かあ》さんがいそがしいときは、わたし一人《ひとり》で、おつかいにいく。

「みのや糸店《いとてん》」のつつみがみは、かわいいので、とっておく。赤《あか》ときいろのバラが、かいてある。


お母《かあ》さんは、ふゆ、あみものをする。すごいはやさで、きんいろのかぎばりを、うごかしている。

『婦人倶楽部《ふじんくらぶ》』のふろくに、つくりかたがあって、お母《かあ》さんはそれをみてつくる。

このまえは、タケルのセーターをあんでいた。

タケルは、

「くびがチクチクするのはヤダ！」

というので、お母《かあ》さんは、なるべくチクチクしないセーターをあんであげる。

お父《とう》さんにもカーデガンをあんであげたことがあって、ふゆ、お父《とう》さんは、そのカーデガンをまいにちきている。

そのねずみいろのカーデガンと、くろぶちメガネは、お父《とう》さんのトレードマークになっている。

わたしは、お父《とう》さんが、おふろにはいっているとき、そのカーデガンをきて、メガネをかけてみた。

かがみをみると、お父《とう》さんそっくりだった。

お母《かあ》さんがわらいだし、しゃしんをとってくれた。

タケルも、わたしのまねをして、メガネとカーデガンをきて、しゃしんをとった。


いつもタケルは、わたしのまねをする。

このまえ、わたしとタケルは、おかしのうばいあいをした。

タケルは、じぶんのほうに、おかしのお皿《さら》をひっぱって、

「んー、トコちゃんの！」

といった。

わたしがいつも、

「んー、トコちゃんの！」

といっているのをおぼえて、「トコちゃんの！」というのは「じぶんの！」という、いみだと、おもっていたらしい。

わたしとお母《かあ》さんは、ゲラゲラわらってしまった。

するとタケルは、ポカンとしたかおをして、わたしたちをみていた。

○しゅじゅつ

目《め》の中《なか》に、できものができたので、めいしゃさんにいった。

しんさつをうけると、

「さんりゅうしゅ、ですね」

と、いわれた。そして、しゅじゅつすることになった。

しゅじゅつしたのは、「どうあいびょういん」というところで、「しんさいきねんどう」のちかくにある。

しゅじゅつは、生《う》まれてはじめて。いたそうで、こわかったけれど、がまんして、がんばった。

お母《かあ》さんと、タケルと三人《さんにん》でいったけれど、しゅじゅつしつには、ひとりで入《はい》った。

こころぼそかったけれど、目《め》をつぶりながら、えんそくとか、たのしかったことをかんがえた。

するとしゅじゅつは、あっというまに、おわった。

十分《じゅっぷん》か、二十分《ぶん》。よくわからないけど、ぶじにおわった。

ろうかでは、タケルがチョロチョロはしりまわって、それをお母《かあ》さんが、おっかけていた。

びょういんは、まるいかたちで、ろうかは、そのたてものをぐるっとまわるようにできている。

一《いっ》しゅうすると、さっきいたところにもどる。

タケルは、それがおもしろくって、ずっとグルグルまわっていた。

「トウコ、いたくなかった？」

お母《かあ》さんは、かなしそうなかおをして、すこしなみだがでていた。

「うん、だいじょぶだった」

わたしは、ほんとうにだいじょぶだったので、へいきなかおで、へんじをした。

するとお母《かあ》さんは、とてもびっくりして、

「えらかったねぇ、トウコはほんとうにえらいねぇ。お母《かあ》さんだって、めのしゅじゅつなんて、こわくてイヤなのに」

と、いつまでも、いっていた。そして、

「よくがんばったから、なにか、かってあげる。なんでもすきなもの、いってごらん」

と、いった。

わたしは、すこしかんがえて、

「うーん、じゃあ、かっぱえびせん」

といった。

わたしはかっぱえびせんが、おかしのなかでいちばんすきで、いつもくちびるが、しおでいたくなるくらい、たべてしまう。

「えっ、かっぱえびせん？」

お母《かあ》さんは、わらいだして、とまらなくなった。

「おもちゃでも、いいのに。かっぱえびせん？」

「うん」

おもちゃは、ほしいものが、いまはとくに、うかばなかった。

かっぱえびせんが、いまは、いちばんたべたいとおもった。

「そう、わかったわ、じゃあ、かえりに、かおうね」

お母《かあ》さんは、そういった。

そしてかえりに、江東《こうとう》デパートによって、かっぱえびせんを、かった。

そして、いえで、かっぱえびせんを、いつもよりたくさんたべた。

いつもはお母《かあ》さんに、

「たべすぎよ、もうやめなさい」

と、おこられることもあるけれど、きょうは、おこられなかった。

○クリスマス

十二月二十日《がつはつか》に、ようちえんで、クリスマスをやった。

みんなのお母《かあ》さんたちもいっしょに、そしてタケルもきて、いっしょにクリスマスをやった。

タケルは、お母《かあ》さんがあんでくれた、あたらしいセーターをきていた。

テーブルのうえには、ケーキや、チキンなど、ごちそうがいっぱいあった。

ろうそくが、くばられて、せんせいがマッチで火《ひ》をつけてくれた。

わたしは、ほのおを、ずっとみつめていた。ゆらゆらと、ふしぎで、きれいだなあ、とおもった。

たいちょうや、ふみえちゃんとは、せきがはなれていたけれど、みんなでいっしょにうたをうたったり、ゲームをしたり、とてもたのしかった。

さいごに、サンタクロースが、おおきなふくろをかかえて、とうじょうした。

よくみると、サンタクロースは、えんちょうせんせいだった。

そして、みんなに、プレゼントをくれた。

ぎんいろのクリスマスブーツに入《はい》った、おかしだった。

わたしは、タケルのブーツもあるか、ちょっとしんぱいになったけれど、ちゃんとタケルのぶんもあって、ほっとした。

もしなかったら、わたしのをタケルにあげようとおもった。

ブーツに入《はい》ったおかしは、ゆっくりだいじにたべるつもり。

そして、たべてしまったら、ブーツはすてないで、ずっととっておこうとおもう。

○もちつき

ようちえんで、お正月《しょうがつ》のもちつきをやった。

あさ、にわに「うす」と、「きね」が、二《ふた》つずつ、おかれていた。

みんながまわりにすわっていると、おおきな「おすもうさん」がふたり、はいってきた。

「わぁ、おすもうさんだ」

みんなはびっくりした。わたしもびっくりした。

おすもうさんには、たまにでんしゃで、あうことがあるけれど、ちかくでみると、とってもおおきかった。

そして「うす」の中《なか》に「もちごめ」がいれられた。

おすもうさんが、もちつきをはじめた。

「ほいっ、さっ、ほいっ、さっ」

おすもうさんは、かけごえをかけながら、おもちをついた。

はじめて、ほんとうのもちつきをみた。

そのあと、みんなで、おもちをたべた。

きなこと、あんこのおもちだった。

わたしはいつも、いえでたべるおもちは、しかくいおもちだったので、こういうのはめずらしかった。

うちはいつも、十二月《がつ》に錦糸公園《きんしこうえん》のまえにある「埼玉屋《さいたまや》」に、「のしもち」を二《に》まい、ちゅうもんする。

そうすると、クリスマスがおわったころに、あったかい、できたての「のしもち」が、うちにとどく。

それはお正月《しょうがつ》にたべるおもちだから、すぐたべてはいけない。

でもあったかくって、プニュプニュやわらかくて、いいにおいがするので、たべたくなってしまう。

お母《かあ》さんが、

「ちょっとだったら、たべていいわよ」

というので、はじっこを、お母《かあ》さんにほうちょうで、きってもらってたべる。

だけど、「のしもち」が、だいどころにあって、いつも見《み》てると、もっとたべたくなってしまう。

だからお母《かあ》さんにないしょで、「のしもち」のはじっこをちぎって、つまみぐいをする。

お正月《しょうがつ》までには、なんどもつまみぐいをするので、ちぎったかたちが、おおきくなっている。

でも、ぜんたいはまだ、のこっているから、お母《かあ》さんは、

「しょうがないわねぇ」

というだけで、わたしは、おこられずに、すんでいる。

○よこいさん

よこいさんという人《ひと》が、グアムとうで、はっけんされた。

よこいさんは、むかしの、へいたいさんで、せんそうが、おわったことをしらないで、ずっと山《やま》にかくれていた。

テレビでは、ずっとそのニュースをやっている。

お父《とう》さんとお母《かあ》さんは、それをみながら、せんそうのはなしをしている。

「なにもたべるものがなくってね、いつもおなかをすかせていたわ」

お父《とう》さんは、

「東京《とうきょう》にそかいするとき、いとこの船《ふね》がばくげきされて、みんなしんじゃったんだよ」

といって、なみだをこらえていた。

お父《とう》さんは小笠原《おがさわら》生《う》まれで、せんそうのときに、とうきょうへ、そかいしてきた。

もしかして、お父《とう》さんの船《ふね》が、ばくげきされていたら、わたしは生《う》まれてなかった。

お母《かあ》さんのお父《とう》さん、わたしのおじいちゃんは、お母《かあ》さんが十五さいのときにしんだ。

「しゅうせんごも、ながいあいだ、ソビエットのほりょになっていてね、日本《にほん》にかえってきたときは、ひどいびょうきだったの」

お母《かあ》さんも、なみだをこらえていた。


錦糸町《きんしちょう》のえきのちかくでも、たまに「しょういぐんじんさん」をみる。白《しろ》いふくをきて、ラッパをふいている。足《あし》がなかったり、手《て》をけがして、ほうたいをしていたりする。

わたしは、せんごに生《う》まれたけれど、せんそうは、すごくこわい。ぜったいまた、せんそう、してはいけない。

お父《とう》さんやタケルが、もしせんそうにいくことになったら、とかんがえたら、なみだがでてしまった。

○カラーテレビとオリンピック

こんど、うちのテレビがカラーになった。

「オリンピックもあるから、とうとうかったよ」

と、お父《とう》さんはいった。

テレビには、あか、みどり、あおのマークがついていてSONY《ソニー》のTRINITRON《トリニトロン》
と、かいてある。


マンガもカラーでみられるようになった。

わたしがすきなマンガは、『魔法使《まほうつか》いサリー』『オバケのQ太郎《キューたろう》』『さるとびエッちゃん』『カバトット』『ゲゲゲの鬼太郎《きたろう》』。

あと東京《とうきょう》十二チャンネルで、夕方六時《ゆうがたろくじ》四十五分《ふん》からやってるマンガもいつもみている。

さっぽろオリンピックでは、ジャンプをみていた。「笠谷《かさや》せんしゅ」が金《きん》メダルをとった。

オリンピックがおわってからも、お父《とう》さんとタケルは「オリンピックごっこ」をやっている。

タケルは笠谷《かさや》せんしゅのように、いすのうえにたっている。

お父《とう》さんはねっころがって、足《あし》を上《うえ》にあげて、そこにタケルが「シュッ」といって、おなかで、のっかる。

お父《とう》さんはアナウンサーのように、

「かさや、かさや！」とぜっきょうする。

タケルは、お父《とう》さんに、なんども「またやって」といって、それをやる。

このまえ、お米《こめ》やさんが、はいたつのとき、オリンピックのワッペンをくれた。

「サッポロビールのおまけです」

それは、ジャンプのせんしゅがかかれていて、アイロンのねつで、ようふくにつけることができる。

お母《かあ》さんは、タケルのトレーナーに、そのワッペンをつけてあげて、タケルはすごく気《き》に入《い》って、きている。

○赤《あか》いランドセル

あさ、めがさめたら、まくらもとに、ランドセルが、おいてあった。

「きのう、お父《とう》さんが、しりあいから、かってきたのよ、五千円《ごせんえん》で」

と、お母《かあ》さんがいった。

「わあい！」

わたしは、さっそく、ランドセルをしょってみた。

あたらしい、かわのにおいがした。つやつやしている。

ランドセルのふたには、マグネットがついている。

そのマグネットをカチッとならして、とじたり、あけたり、なんどもやってみた。

それからわたしは、ランドセルを、まいにち、まいにち、はこから出《だ》して、しょってみた。

小学生《しょうがくせい》になったきぶんがした。

あさ、おきると、すぐしょって、ようちえんからかえってくると、またしょってみた。

しょったまま、おくじょうまでいって、あるいてみたりもした。

ゆうくんのおばさんが、

「あらトコちゃん、ランドセル？　いいわねぇー」

と、ほめてくれた。

ある日《ひ》、お母《かあ》さんが、

「あんまりいじってると、入学《にゅうがく》する前《まえ》によごれちゃうわよ、入学《にゅうがく》までしまっておこうね」

といって、ランドセルを、はこに、しまった。

そして、大《おお》きな、ようふくダンスの上《うえ》にのせた。

手《て》がとどかないくらい、たかいところなので、もう、さわることができない。

わたしは、かなしかった。

でもしょうがない。わたしが、いつもいじってたから。じぶんのせいだとおもった。

だからお母《かあ》さんには、なにもいわなかった。

そのかわり、まいにち、まいにち、ようふくダンスの上《うえ》の、ダンボールのはこを、みている。

あの中《なか》に、わたしの赤《あか》いランドセルがはいっている。

さわりたいなぁ。みたいなぁ。

でも、あと二《に》カ月《げつ》、がまんしなくちゃいけない。

○おひなさま

お母《かあ》さんが、きめこみ人形《にんぎょう》で「おひなさま」をつくってくれた。

三月三日《さんがつみっか》に、まにあうように、お母《かあ》さんは、よるおそくまで、おひなさまをつくっていた。

お母《かあ》さんのおひなさまは、テレビのコマーシャルみたいな「五《ご》だんかざり」じゃないけど、おだいりさまと、おひなさまが、とっても大《おお》きい。どっしりとしていて、ごうか。

すこし、お母《かあ》さんに、にている。かおが、ふっくらしている。

お母《かあ》さんは、

「きめこみ人形《にんぎょう》は、めうちで、きじを、いれこむとき、ちからがいるの。だから手《て》がつかれたわ」

といった。

お母《かあ》さん、ありがとう。こころのなかでいった。

口《くち》で「ありがとう」っていうのは、ちょっとはずかしいから。

そして、へやに、おひなさまをかざって、ぼんぼりにあかりをつけた。たけのかごにはいった、ひなあられを、おひなさまのまえに、おいた。うちのおひなさまは、大《おお》きな、かざりケースの中《なか》にはいって、ミシンの上《うえ》におかれている。

やよいちゃんのうちでも、おひなさまが、かざられていた。

やよいちゃんのうちは、だんかざりで、おひなさまのまわりに、いろんなにんぎょうが、かざられている。

だから、へやのなかがいっぱいで、おくのたたみのへやにいくのが、ちょっとたいへんになっている。

やよいちゃんのおばさんが、

「トコちゃんのうちも、やっと、おひなさまがきたね、よかったね」

といった。

「うん」


いままで、うちは、おひなさまがなかった。

わたしがうまれたとき、用賀《ようが》のおばあちゃんが、

「これで、おひなさまを、かいなさい」

と、お母《かあ》さんに、おかねをくれたけれど、お母《かあ》さんは「うばぐるま」をかった。

「おひなさま」は、なくてもこまらないけど、「うばぐるま」は、ないと、こまる。

しょうがないと、わたしもおもった。

でも、ことしは、お母《かあ》さんが、おひなさまをつくってくれたから、よかった。


ようちえんでは、「そつえんしき」と「ひなまつり」を、いっしょにやった。

「ひなまつり」のうたを、みんなで台《だい》の上《うえ》にならんで、うたった。

わたしは、たいちょうのとなりだったので、うれしくって、すごくがんばって、大《おお》きなこえでうたった。

一《いち》年《ねん》生《せい》

○入《にゅう》学《がく》

わたしは、こんど、墨田区立錦糸小学校《すみだくりつきんししょうがっこう》に入学《にゅうがく》した。
一年生《いちねんせい》は三《さん》クラスあって、わたしは三組《さんくみ》になった。クラスのにんずうは四十二人《にん》。
ようちえんでいっしょだった、ふみえちゃんもおなじクラスになった。
たいちょうは一組《いちくみ》になった。ちょっとさびしい。

たんにんの先生《せんせい》は、「おさだみよこ」先生《せんせい》という。
先生《せんせい》が、じこしょうかいのときに、じぶんのなまえを、こくばんにかいた。
わたしは「字《じ》がじょうずで、きれいだなぁ」とおもった。

おさだ先生《せんせい》は、やさしくって、二十四さいでわかい。

うちのお母《かあ》さんは、

「いい先生《せんせい》で、よかったわねぇ」

といった。わたしもそうおもった。

きょうかしょをもらって、先生《せんせい》のはなしをきいてから、おくじょうで、みんなでならんで、しゃしんをとった。


小学校《しょうがっこう》は、とてもたのしい。

やっとランドセルも、はこからだして、まいにちつかっている。

うちから、小学校《しょうがっこう》まで、あるいて十五分《ふん》かかる。

江東《こうとう》デパート、楽天地《らくてんち》、錦糸町《きんしちょう》の駅《えき》、ロッテ会館《かいかん》の前《まえ》を通《とお》りすぎて、錦糸公園《きんしこうえん》のところのみちを左《ひだり》にまがってから、右《みぎ》にまがる。

どうきゅうせいや、としうえの小学生《しょうがくせい》たちも、わたしと同《おな》じじかんに、あるいている。

おなじアパートの六《ろっ》かいのシンゴくんは、こんどおなじ三組《さんくみ》になった。

シンゴくんは、いつも楽天地《らくてんち》のよこにある、ジュースの「じどうはんばいき」の前《まえ》でとまる。

このはんばいきは、十円《じゅうえん》をいれると、紙《かみ》コップがでてきて、そこにジュースがながれてくる。

グレープとオレンジ、二台《にたい》あって、きかいの上《うえ》で、いつもジュースがふんすいのように、ぐるぐるまわっている。

シンゴくんは、それをいつも、のみたそうに、じっと見《み》ている。

わたしも、あのジュースは、いちどのんでみたいとおもっている。

お母《かあ》さんに「のみたい」っていったことがあるけれど、かってもらえなかったので、まだ、のんだことがない。

○あたらしい友《とも》だち

小学校《しょうがっこう》に入《はい》ってから、あたらしい友《とも》だちがたくさんできた。

友《とも》だちの家《いえ》にあそびにいったり、うちにあそびにきてもらったりする。

ミツコちゃんの家《いえ》は、肉《にく》のおろしうりをやっている。

お店《みせ》の入《い》り口《ぐち》と、家《いえ》のげんかんが、いっしょになっていて、そこは少《すこ》し暗《くら》くて、寒《さむ》くて、ウシかブタか、わからないけれど、どうぶつの形《かたち》をした、大《おお》きなお肉《にく》が、たくさんぶらさがっている。

そこをとおりすぎて、少《すこ》し入《はい》っていくと、ふつうの家《いえ》になっていて、ミツコちゃんのへやがある。

ミツコちゃんは、明《あか》るくって、いっしょにいると、なんかたのしい。

いっしょに本《ほん》をよんだり、テレビをみたりする。

それから、カズミちゃんとも、なかよくなった。

カズミちゃんの家《いえ》は錦糸堀公園《きんしぼりこうえん》のよこにあって、「ドリーム」というバーをやっている。

ひるまは、お店《みせ》はやってないので、入《はい》ってあそぶことができる。

バーのかべは、むらさき色《いろ》で、フカフカのクッションになっていて、ほうせきが、うめこまれている。

わたしは、きれいだなあと思《おも》って、かべによっかかって、バウンドしてみた。

カズミちゃんは、かみがたとか、ふんいきが大人《おとな》っぽい。ハワイやインドネシアなど、がいこくりょこうにも行《い》ったことがある。

「これ、バリとうのしゃしん。トコちゃんにあげるね」

といって、青《あお》いうみの、きれいな、はがきをくれた。

カズミちゃんのお母《かあ》さんも、きれいな人《ひと》で、いつもきれいなふくをきている。

ちょっとうちのお母《かあ》さんとはちがう。

それから、イイダくんやデンボくんなど、男《おとこ》の子《こ》とも友《とも》だちになって、家《いえ》にあそびにいった。

デンボくんのうちは、おこし（おかし）のせいぞうと、はんばいをやっている。

家《いえ》のげんかんを入《はい》ったら、そこは、おこしをつくる、こうじょうになっていた。

グルグルとベルトコンベアがうごいていて、できたての、おこしがながれていた。

○ピーピー音《おと》がするサンダル

二歳《にさい》のやよいちゃんは、いつも、赤《あか》ちゃん用《よう》のピーピー音《おと》がするサンダルをはいている。

だから、うちにあそびにくる時《とき》は、いつも、

（あ、やよいちゃんが、くる）

と、音《おと》でわかる。


やよいちゃんは、わたしが学校《がっこう》に行《い》っている時《とき》にも、うちにあそびにくる。

お母《かあ》さんは、

「やよいちゃんのサンダルの音《おと》がピーピーして、

『トーコーちゃん！』

ってこえがするの。やよいちゃんは、ドアのしんぶんを入《い》れるところから、げんかんをのぞいて、トウコのくつがないと、またピーピー音《おと》をならして、かえっちゃうのよ」

と言《い》った。

わたしは、やよいちゃんが、ちょっとかわいそうだなと、思《おも》った。

小学校《しょうがっこう》に入《はい》ってから、やよいちゃんとあそぶことが、少《すく》なくなってしまった。

そうかんがえていたら、ドアの外《そと》から、ピーピーと、やよいちゃんのサンダルの音《おと》がして、

「トーコーちゃん！」

という、こえがした。

「やよいちゃん、あそぼ！」

やよいちゃんは、きいろい、ひまわりのワンピースをきている。

これは、わたしがきていたけれど、小《ちい》さくなったので、このまえ、やよいちゃん

にあげた。うちのお母《かあ》さんのてづくり。

だいたい、わたしのおさがりは、やよいちゃんに、あげる。

やよいちゃんと、リカちゃんごっこをしていると、やよいちゃんのおばさんも、うちにやってきた。

「トコちゃん、いつもありがとね。やよいがすぐ、トコちゃんちいく、って言《い》うものだから」

そして、おばさんは、うちのお母《かあ》さんと、話《はなし》をはじめる。

そのうちに、となりの、ゆうくんのおばさんもうちにやってきて、三人《さんにん》は、いつものように、ずっとおしゃべりをしている。

○そうぶかいそくせん

錦糸町《きんしちょう》の駅《えき》には、今《いま》まで黄色《きいろ》い「そうぶせん」だけしか通《とお》ってなかったけれど、七月《しちがつ》から「そうぶかいそくせん」も通《とお》るようになった。

これにのれば、ばくろちょう駅《えき》、新日本橋駅《しんにほんばしえき》をすぎて、東京駅《とうきょうえき》まで、駅《えき》は三《みっ》つだけで、のりかえなしで行《い》ける。

お母《かあ》さんは、

「今日《きょう》は三人《さんにん》で、かいそくにのって、新日本橋《しんにほんばし》の、みつこしに行《い》きましょう」

と言《い》った。

「わーい」

わたしとタケルは、よろこんで、へやの中《なか》をスキップした。

かいそくせんは、クリーム色《いろ》にこん色《いろ》の線《せん》が入《はい》った、新《あたら》しいデザインでかっこいい。

そして、ばくろちょうの駅《えき》の近《ちか》くで、電車《でんしゃ》が地下《ちか》にもぐった。

新《あたら》しい世《よ》の中《なか》の電車《でんしゃ》だなあ、と思《おも》った。

みつこしでは、まず、おちゅうげんコーナーに行《い》って、おせわになった人《ひと》たちに、おちゅうげんを注文《ちゅうもん》した。

それから、ふじん服《ふく》のフロアへ行《い》く。

今日《きょう》は、夏《なつ》の大《だい》バーゲンをやっていて、たくさんの、おばさんたちが、ようふくの山《やま》にむらがっていた。

お母《かあ》さんも、バーゲンコーナーに、とつにゅうして、いっしょうけんめい、服《ふく》をえらんでいた。

わたしとタケルは、つかれてしまって、はじっこのいすにすわって、まっていた。

「お母《かあ》さーん、まだぁ？」

「もうちょっとだから、まってなさい、おわったら、お子様《こさま》ランチ、たべに行《い》くから」

「わーい、やったー！」

タケルとわたしは、元気《げんき》が出《で》て、もうちょっと、がまんする気《き》になった。

お母《かあ》さんのかいものが、ぶじに終《お》わって、一番上《いちばんうえ》の食堂《しょくどう》にむかった。食堂《しょくどう》もこんでいたけれど、十分《じゅっぷん》くらいまって、お店《みせ》に入《はい》ることができた。

テーブルにつくと、タケルはさっそく、

「ぼく、お子様《こさま》ランチ！」

と言《い》った。

「あたしも！」

そうしてちゅうもんをして、少《すこ》しまって、二人《ふたり》のお子様《こさま》ランチがテーブルにはこばれた。

ハンバーグ、スパゲティ、おかし、おもちゃが入《はい》っていて、ごはんの上《うえ》には「はた」が立《た》っている。

家《いえ》でもたまにお母《かあ》さんがお子様《こさま》ランチを作《つく》ってくれる。おちゃわんでかたちを作《つく》ったケチャップライスに、ちゃんと「はた」も立《た》っている。

わたしとタケルは、お母《かあ》さんの作《つく》ってくれたお子様《こさま》ランチも大好《だいす》き。

タケルは、口《くち》のまわりを、ケチャップだらけにして、いつもおいしそうにたべている。

○おまつり

八月《はちがつ》は、おまつりがある。

おまつりの一週間《いっしゅうかん》ぐらい前《まえ》、錦糸堀公園《きんしぼりこうえん》のまん中《なか》で、大工《だいく》さんたちがやぐらを立《た》てはじめる。

そして、おみこしと、だしが、公園《こうえん》にくる。

だしの日《ひ》は、子《こ》どもたち、みんなで、だしをひっぱって、町《まち》をあるく。

だしは、毎年《まいとし》とってもたのしみ。

だしをひっぱると、きゅうけいが、なんどかあって、たくさんおかしをもらえるから。

だから、だしをひっぱるときは、かならず、手《て》さげをもっていく。

ことしは、だしをひっぱる日《ひ》に、いとこのはるくんが、用賀《ようが》からやってきて、いっしょにだしをひっぱった。

わたしは、お母《かあ》さんがつくってくれた、赤《あか》いチェックの手《て》さげをもった。はるくんにも、手《て》さげをかしてあげた。ねずみいろの小《ちい》さな花《はな》もようで、これもお母《かあ》さんがつくってくれた。

タケル、ゆうくん、やよいちゃんもいっしょに、だしをひっぱった。

そして、よるになると、錦糸堀公園《きんしぼりこうえん》から、ぼんおどりの音《おと》がきこえてくる。

おふろにはいって、ゆかたをきて、おこづかいをもらって、公園《こうえん》にいく。

きょうは、ヨーヨーつりをやって、赤《あか》いきれいなもようのヨーヨーをつった。

わたあめと、はっかあめもある。

はっかあめは、ひものついた、小《ちい》さなお人形《にんぎょう》の中《なか》に入《はい》っていて、首《くび》にかけられるようになっている。

はっかあめをぜんぶ食《た》べたあと、その人形《にんぎょう》は、ふえとしてもつかえる。

わたしは、食《た》べるのがおそいので、わたあめは、あまりすきじゃない。ゆっくりしていると、わたあめは小《ちい》さくなって、ベトベトになってしまう。

きょねんは、ひみつのアッコちゃんのおめんをかった。まだうちにある。

タケルはアンズの水《みず》あめをかった。水《みず》あめは、大《おお》きなこおりの上《うえ》にならべられていて、おいしそう。

ゆうくんのおばさんがきて、

「みんな、しゃしんをとってあげるから、ここにならんでー」といった。

わたしは、小《ちい》さなやよいちゃんの手《て》をひっぱって、やぐらの下《した》、紅白《こうはく》のまくの前《まえ》に、みんなといっしょにならんだ。まくには、

「昭和四十七年八月吉日《しょうわよんじゅうしちねんはちがつきちじつ》　江東橋四丁目町会《こうとうばしよんちょうめちょうかい》」と書《か》いてある。

いつのまにか、大人《おとな》も子《こ》どもも、おおぜいの人《ひと》が集《あつ》まってきた。

やぐらの上《うえ》で、おじさんが、レコードの音《おと》にあわせて、たいこをたたき始《はじ》めた。

やぐらの下《した》では、ゆかたの人《ひと》たちが、わになって、ぼんおどりをおどる。

わたしも、わの中《なか》にはいって、大人《おとな》たちのまねをして、おどりをおどる。

『東京音頭《とうきょうおんど》』『炭坑節《たんこうぶし》』『錦糸町《きんしちょう》ブルース』、それから、さがらなおみの『二十一世紀音頭《せいきおんど》』がかかった。

わたしは『二十一世紀音頭《せいきおんど》』がすき。メロディーが明《あか》るくって、みらいの曲《きょく》ってかんじがする。

かしは、

「これから〜、三十一年《ねん》たーてば、この世《よ》は二十一せいき〜」という。

計算《けいさん》すると、昭和《しょうわ》四十四年《ねん》、三年前《さんねんまえ》に作《つく》られた曲《きょく》ってことになる。

二十一世紀《せいき》、わたしは三十五さいになっている。お母《かあ》さんよりも年上《としうえ》になるのは、ちょっとふしぎなかんじがする。

夏《なつ》は、楽《たの》しいことがいっぱいあるから、わたしは夏《なつ》がいちばんすき。

お父《とう》さんとお母《かあ》さんは、

「夏《なつ》は、あつくって、おまつりの音《おと》がうるさいから、いやだ」

と、言《い》っている。

わたしは、あついのも好《す》き。あついとワクワクしてくる。

うちはまだ、クーラーがない。やよいちゃんのうちには、クーラーあるのになぁ。

○タケルがブランコからおちる

今日《きょう》、学校《がっこう》から家《いえ》にかえったら、タケルがふとんにねていた。

「いま、ねたところだから、しずかにしてね」

お母《かあ》さんはそう言《い》った。そしてふとんの中《なか》のタケルを見《み》たら、口《くち》のまわりが、青《あお》いクレヨンを、ぬりたくったみたいに、まっさおに、なっていた。

「どうしたの?」

わたしがきくと、お母《かあ》さんは今日《きょう》あったことをいろいろはなしてくれた。

「あさ、十時《じゅうじ》ごろ、たいへい町《ちょう》にある『ほていやっきょく』に、タケルと、でかけたの。

錦糸公園《きんしこうえん》の前《まえ》をとおったとき、タケルが『ブランコにのりたい』って言《い》うんで、公園《こうえん》でブランコにのったの。

そうしたら、タケルがビュンビュン大《おお》きくこいでしまって。お母《かあ》さんが『やめなさい！　あぶないから！』って言《い》ったら、おもしろがって、もっとビュンビュンこぎはじめたの。

そうしたら、ブランコがいちばん上《うえ》にいった時《とき》、バランスをくずして、ブランコからおちて、前《まえ》にあるブランコの囲《かこ》いに、かおをぶつけてしまったの。

あわててタケルのところに走《はし》っていったら、鼻《はな》の下《した》をぶつけたようで、ぐったりしていて。

『タケル！　タケル！』ってよんでも、へんじがなくって。

もうダメかと思《おも》ったわ。

そうしたら、近《ちか》くにいた、知《し》らないお母《かあ》さんが『きゅうきゅうしゃをよびましょうか？』って言《い》ってくれて、タオルをぬらして、かしてくれたの。

でもタケルはしばらくしたら、だいじょうぶそうだったから、『近《ちか》くなので、タクシーでかえります』って言《い》って、タクシーで帰《かえ》ってきて、宇野先生《うのせんせい》のところでみてもらったの」

宇野先生《うのせんせい》は、うちのアパートの三《さん》かいで、びょういんをやっていて、わたしも、タケルも、びょうきになると、いつも宇野先生《うのせんせい》にみてもらう。

「で、宇野先生《うのせんせい》が、どこもわるいところはなさそうですね、っておっしゃるから、家《いえ》にかえってきたの。

もし鼻《はな》か、のどをぶつけていたら、いのちがなかったかもしれない。ほんの、すうセンチのちがいで、命《いのち》びろいしたわ」

そしてお母《かあ》さんは、

「かいもの、できなかったから、ちょっと江東《こうとう》デパートにいってくるわね。魚寅《うおとら》にもよるから、三十分《ぷん》くらいかかるかも」

そういって、出《で》て行《い》った。

十分《じゅっぷん》くらいするとタケルは、目《め》をさまして、

「おねいちゃん」

と言《い》った。

よかった、タケル、生《い》きてた、しゃべれる、とわたしは思《おも》った。

しばらくして、わたしはトイレに入《はい》った。そして出《で》てくると、タケルがいなくなっていた。

「あれ、どこいったんだろう」

そう思《おも》ったとき、ちょうどお母《かあ》さんが帰《かえ》ってきた。

「タケルがいなくなっちゃった」

「えっ」

お母《かあ》さんとわたしは、ベランダを見《み》たり、ベランダから下《した》の公園《こうえん》を見《み》たりした。

けれどタケルはいなかった。

「どこに行《い》っちゃったんだろう」

二人《ふたり》で屋上《おくじょう》に行《い》ってみると、タケルはとなりのゆうくんと、いつものように、たのしそうに走《はし》りまわっていた。

タケルは、ねまきのままだった。ゆかたのすそが、かぜでひらひらしていた。

「もう、タケルったら、どれだけしんぱいさせたら気《き》がすむのかしら」

お母《かあ》さんは、おこりながらも、

「でも、元気《げんき》になったしょうこね、よかった」

と、えがおになっていた。

○七五三《しちごさん》

今日《きょう》は、わたしとタケルの七五三《しちごさん》の日《ひ》だった。

わたしたちは、朝五時《あさごじ》にお母《かあ》さんに、おこされて、顔《かお》をあらって、ごはんを食《た》べてから、きものを着《き》せてもらった。

このきものは、玉川《たまがわ》にすんでいる、いとこのユキコお姉《ねえ》ちゃんから、かりた。着《き》るのがすごく楽《たの》しみだった。

お父《とう》さんは、おせきはんを、お店《みせ》まで取《と》りに行《い》った。先週《せんしゅう》のうちにお母《かあ》さんが十人分《じゅうにんぶん》、ちゅうもんしていた。

しんせきにもくばるから、すごくたくさんある。

うちはいつも「埼玉屋《さいたまや》」でおせきはんをかう。

ここのおせきはんは、すごくおいしい。みたらし団子《だんご》などもおいしい。

埼玉屋《さいたまや》のむすめは、私《わたし》とクラスはちがうけれど小学校《しょうがっこう》の同級生《どうきゅうせい》で、キミコちゃんという。

ちとせあめは、おととい、江東《こうとう》デパートの中《なか》の文明堂《ぶんめいどう》でかっておいた。いとこの分《ぶん》もあるから、たくさんある。

おせきはんや、ちとせあめを、たくさんもって、わたしたち四人《よにん》は錦糸町《きんしちょう》をしゅっぱつした。

まず亀戸天神《かめいどてんじん》でお参《まい》りをして、天神《てんじん》さまの中《なか》にある「ふくち写真《しゃしん》かん」で、きねんさつえいをした。

それから、用賀《ようが》のおばあちゃんちへいった。いとこのはるくんと、せたに住《す》んでいる、まみちゃんも来《き》てくれた。はるくん、まみちゃん、タケル、わたしの四人《よにん》で、げんかんで写真《しゃしん》をとった。


そのあと、二子玉川《ふたこたまがわ》の、いとこのユキコお姉《ねえ》ちゃんの家《いえ》にもいった。

玉川《たまがわ》のユキコお姉《ねえ》ちゃんは、わたしより十《じゅっ》さい上《うえ》で、十七さい。とてもきれいで、やさしい。

お姉《ねえ》ちゃんのお母《かあ》さんの、よしこおばちゃんは、わたしのお母《かあ》さんのお姉《ねえ》さん。

お姉《ねえ》ちゃんには、三《さん》さい下《した》の弟《おとうと》がいて、わたしとタケルは「玉川《たまがわ》のお兄《にい》ちゃん」と呼んでいる。名前《なまえ》はサトシという。

二人《ふたり》のお父《とう》さんの、玉川《たまがわ》のおじちゃんは、外国《がいこく》にいく、船《ふね》の船長《せんちょう》さんをやっている。

今日《きょう》は、船《ふね》にのっている時《とき》だったので、るすだった。

玉川《たまがわ》の家《いえ》には、ウイスキーのびんに入《はい》った、きれいな船《ふね》のおきものが、たくさんある。

ウイスキーのびんの口《くち》より、船《ふね》のほうが大《おお》きいので、どうやって入《い》れたのだろう、といつもじっと見《み》てしまう。

これはおじちゃんが、船《ふね》にのっている時《とき》に作《つく》ったもので、ピンセットで一《ひと》つ一《ひと》つ、部品《ぶひん》を入《い》れていくので、すごく時間《じかん》がかかる。

このまえ、うちにも赤《あか》い船《ふね》のを、一《ひと》つもらったので、かざってある。

あとわたしは、玉川《たまがわ》の家《いえ》に行《い》くと、いつもマンガの『小《ち》さな恋《こい》のものがたり』を読《よ》む。

チッチとサリーの話《はなし》を読《よ》んでいると、おもしろくって、時間《じかん》をわすれてしまう。

ユキコお姉《ねえ》ちゃんが、

「トコちゃん、だい六《ろく》しゅう、新《あたら》しくかったから、読《よ》む？」

と言《い》ってくれたけれど、今日《きょう》は時間《じかん》がなくて、マンガは読《よ》めなかった。

玉川《たまがわ》の家《いえ》は、いつもきれいに、かたづいていて、せっけんのような、いいにおいがする。

錦糸町《きんしちょう》のわたしの家《いえ》は、いつもおもちゃが、ちらかっていて、おおちがいだと思《おも》う。


とにかく、今日《きょう》は、すごくいそがしい一日《いちにち》だった。

お父《とう》さんと、お母《かあ》さんは、

「トウコもタケルも、生《う》まれてから今日《きょう》まで、あぶない、心配《しんぱい》なこともあったけれど、ぶじでよかった」

と話《はな》していた。

「わたしはタケルみたいに、あぶないことは、しなかったでしょ？」

そう聞《き》くと、お母《かあ》さんは、

「そうでもないのよ、いちど、死《し》にかけたことがあったのよ」

と言《い》って、わたしの小《ちい》さい時《とき》の話《はなし》をしてくれた。

「あれは二《に》さいの時《とき》だったわ。

お母《かあ》さんは、ろうかで、となりのゆうくんのおばさんと、おしゃべりしていたんだけれど、トウコは、そのちかくで、走《はし》りまわって、なめていたアメを、のどにつまらせて、いきができなくなって、ひっくりがえってしまったの。

お母《かあ》さんは、あわててトウコの口《くち》に指《ゆび》をつっこんだりして、アメを出《だ》そうとしたんだけど、出《で》てこなくって。

トウコは、息《いき》ができないから、すごくくるしそうで、顔《かお》はむらさき色《いろ》になってきちゃったの。

そこで、ゆうくんのおばさんがトウコの足《あし》をもって、さかさにして、背中《せなか》をバンバンって、強《つよ》く二度《にど》たたいたの。

すると、口《くち》からポロッとアメがとび出《だ》して、トウコは助《たす》かったの。かんいっぱつ、ほんの三十びょうぐらいのできごとだったわ」

「えー、そんなことがあったの？」

「そうよ。ゆうくんのおばさんは、いのちのおんじんなんだから。おばさんが、かんごふさんだったから、トウコはたすかったのよ」

わたしは、心《こころ》の中《なか》で、ゆうくんのおばさんに、ありがとう、って言《い》った。

「それに、トウコは、赤《あか》ちゃんの時《とき》、よく、ねつをだしてね。ある時《とき》は、よなかだったけれど、宇野先生《うのせんせい》に、でんわしちゃったのよ。そしたら、宇野先生《うのせんせい》、すぐうちまで来《き》てくださったわ」

宇野先生《うのせんせい》は、ちょうふに、家《いえ》があるけれど、ふだんは、うちのアパートの中《なか》の、びょういんに、とまっている。

「先生《せんせい》もねむそうで、よなかに、もうしわけないと、おもったけれど。トウコのことがしんぱいで、しんぱいで。このましんじゃったら、どうしようって。朝《あさ》まで、まてなかったのよ」

今《いま》までは、タケルばっかりが、しんぱいかけてるんだと、おもってた。

わたしも、たくさん、しんぱいかけて、いろんな人《ひと》のおせわになってたって、はじめて知《し》った。

○ハルミちゃんのこと

せんしゅうの朝《あさ》、学校《がっこう》にいくと、長田先生《おさだせんせい》が、かなしいかおをして、話《はなし》をしてくれた。

「じつは、ハルミちゃんが、きのう、こうつうじこに、あって、今《いま》、にゅういんちゅうです」

「えっ」

ハルミちゃんは、小《ちい》さくって、はずかしがりやで、おとなしくて、いつもニコニコしている。

わたしは、食《た》べるのがおそいので、いつも給食《きゅうしょく》の時間《じかん》はさいごまでのこって食《た》べているけれど、ハルミちゃんも食《た》べるのがおそくて、いつもいっしょに、ニコニコしながら、いっしょうけんめい食《た》べる。

だからハルミちゃんとは、あまりおしゃべりはしないけれど、わたしたちは、なかよしだと思《おも》っている。

長田先生《おさだせんせい》は、

「ハルミちゃんは、今《いま》、しゅじゅつをしているので、しばらく学校《がっこう》に来《こ》れませんが、きっと助《たす》かると思《おも》います」

と言《い》った。

そして、その夜《よる》、でんわのれんらくもうで、お父《とう》さんとお母《かあ》さんたちに、

「けつえきがたが、A《エー》がたの人《ひと》は、ゆけつに、きょうりょくしてください」

という、おねがいがきた。

うちのお父《とう》さん、お母《かあ》さんは、A《エー》がたではないので、きょうりょくはできなかった。


それからもわたしは、ずっとハルミちゃんのことがしんぱいだった。

給食《きゅうしょく》の時間《じかん》、ひとりでのこって、モソモソしたパンを食《た》べていると、

（ハルミちゃんがいなくて、さびしい。ハルミちゃん、しゅじゅつ、がんばって、早《はや》くもどってきてね）

と思《おも》った。

そして今日《きょう》、日《にち》よう日《び》のおひるに、でんわがかかってきて、お母《かあ》さんが出《で》た。

「はい、わかりました」

お母《かあ》さんは、でんわを切《き》ってから、悲《かな》しい声《こえ》で言《い》った。

「ハルミちゃんが、けさ、なくなったそうよ」

「えっ」

わたしは、しんじられなかった。しゅじゅつをすれば、助《たす》かると思《おも》っていた。

なみだがとまらなくなった。

そこへちょうど、公園《こうえん》に行《い》っていた、お父《とう》さんとタケルがかえってきた。

お父《とう》さんは、とつぜん、

「トウコ、何《なに》メソメソしてるんだ」

と大《おお》きな声《こえ》で言《い》った。

お母《かあ》さんが、

「クラスの友《とも》だちが、なくなったのよ」

と言《い》うと、お父《とう》さんは、こんどは小《ちい》さな声《こえ》で、

「そうか」

と言《い》った。

わたしは、ハルミちゃんがかわいそうで、しょうがなかった。

ハルミちゃんのお父《とう》さんとお母《かあ》さんのことも、かわいそうで、しょうがなかった。

ハルミちゃんは、一人《ひとり》っ子《こ》だって言《い》っていた。

わたしはハルミちゃんの、あのニコニコしたかおを思《おも》い出《だ》して、ハルミちゃんのこと、ずっと、いっしょう忘《わす》れない、と思《おも》った。

○お正月《しょうがつ》

まいとし、お正月《しょうがつ》には、おばあちゃんのうちにいく。

元旦《がんたん》には、お母《かあ》さんのほうのおばあちゃんの、用賀《ようが》のおばあちゃんちにいく。

お母《かあ》さんは六人《ろくにん》きょうだい。いとこもいっぱいいる。はるくん、あきちゃん、玉川《たまがわ》のお姉《ねえ》ちゃんと、お兄《にい》ちゃん、まみちゃん、なおちゃん、まーくん、ともくん、ふみくん。

一月二日《いちがつふつか》には、お父《とう》さんのほうのおばあちゃんの、自由《じゆう》が丘《おか》のおばあちゃんちにいく。

お父《とう》さんは八人《はちにん》きょうだい。まだけっこんしていないおじさんおばさんもいるので、いとこは六人《ろくにん》。

やっちゃん、ひでくん、ゆうちゃん、こうちゃん、まーちゃん、ふみくん。

お父《とう》さんのほうの、いとこは、みんな男《おとこ》の子《こ》で、わたしだけが女《おんな》の子《こ》だから、いつもみんなかわいがってくれる。

おばあちゃんや、てい子《こ》おばちゃん、礼子《れいこ》おばちゃん、知子《ともこ》おばちゃんは、よくお人形《にんぎょう》とか、かわいいものを、

「これ、トコちゃんだけにあげるね」

と、ないしょで、くれたりする。

昭和《しょうわ》四十五年《ねん》の「ばんぱく」の時《とき》も、おばあちゃんは、まごたちにキーホルダーのおみやげを買《か》ってきてくれたけれど、わたしだけには姫《ひめ》ダルマとキーホルダーを買《か》ってきてくれた。


お正月《しょうがつ》の元旦《がんたん》と二日《ふつか》はいそがしい。

用賀《ようが》では、はねつきや、ゲームをやる。

自由《じゆう》が丘《おか》では、いつも百人一首《ひゃくにんいっしゅ》をやる。

いつも「よみて」は、うちのお父《とう》さんがやる。

おじさん、おばさんたちも、百人一首《ひゃくにんいっしゅ》は、しんけんしょうぶで、子《こ》どもにも、手《て》かげんはしない。

わたしは、

「春《はる》すぎて　夏《なつ》きにけらし　しろたえの　衣《ころも》ほすちょう　あまのかぐやま」

がいちばんすきで、これだけは、ぜったい取《と》ろうと、ねらっている。

これがよまれるときだけ、おとなたちは、ちょっとてかげんしてくれて、だいたいわたしが取《と》る。

タケルがすきなのは、せみまるの、

「これやこの　いくもかえるも　わかれては　しるもしらぬも　おおさかのせき」

で、タケルも、これだけは取《と》ることができる。

うちの百人一首《ひゃくにんいっしゅ》は、このせみまるの札《ふだ》だけが、おれて、よごれている。

お正月《しょうがつ》は、用賀《ようが》でも自由《じゆう》が丘《おか》でも、ごちそうがいっぱい出《で》る。

用賀《ようが》のおばあちゃんは、よる、帰《かえ》るまえにも、「おなかがすくといけないから」

と、おすしを取《と》ってくれる。

子《こ》どもたち、一人《ひとり》ひとりにも、一人前《いちにんまえ》ずつ、取《と》ってくれて、おすしのおけがくばられる。

タケルみたいなちっちゃい子《こ》にも、ちゃんと一《ひと》つ取《と》ってくれる。

タケルはちっちゃいけれど、くいしんぼうなので、おすしをぜんぶ、ぺろっとたいらげる。

自由《じゆう》が丘《おか》では、小笠原《おがさわら》のめいぶつの「しまずし」がでる。

「しまずし」は、しろみのさかなのおすしで、わさびのかわりに、きいろいからしが、はいっていて、これもおいしい。


しまずしをたべていたら、お父《とう》さんのいとこのはなしをおもいだした。

お父《とう》さんのいとこは、せんそうで、そかいするときに、ふねがばくげきされて、みんな、しんでしまった。

いとこも、きっとお正月《しょうがつ》には「しまずし」をたべたり、百人一首《ひゃくにんいっしゅ》をやったり、たのしかったんだろうな。

○アグネス・チャン

わたしはすきなテレビ番組《ばんぐみ》が、いろいろある。

一《ひと》つが、十《じゅっ》チャンの『ベスト30歌謡曲《かようきょく》』で、毎週水《まいしゅうすい》ようびに見《み》ている。

さいきんは、ガロの『学生街《がくせいがい》の喫茶店《きっさてん》』が、ずっと一位《いちい》をつづけている。わたしが、いちばんすきな歌手《かしゅ》は、アグネス・チャンで、アグネスは、だいたい三位《さんい》にはいっている。

アグネスがとうじょうすると、わたしはテレビの前《まえ》で、『ひなげしの花《はな》』をいっしょに歌《うた》う。

『小学一年生《しょうがくいちねんせい》』についていた、ふろくの歌《うた》の本《ほん》のおかげで、かしは全部《ぜんぶ》おぼえている。

マイクをもって、アグネスのまねをしながら歌《うた》う。

お父《とう》さんは、

「へただなぁ」

というけれど、お父《とう》さんは、いまのわかい人《ひと》の、歌《うた》がわからないから、しかたがない。

お父《とう》さんは、ちあきなおみが、すきだといっている。

ちあきなおみの『喝采《かっさい》』と、ぴんからトリオの『女《おんな》のみち』は、ヒットしていて、よくテレビでみる。

クラスのウメちゃんは、休《やす》み時間《じかん》に、ぴんからトリオのものまねをして、みんなをわらわせている。

わたしは、アグネスのようなヘアスタイルにしたくって、前《まえ》がみをのばして、ピンどめを二《ふた》つしている。

それぐらい、アグネスがとってもすき。すごくかわいいとおもう。アグネスみたいになりたい。

学校《がっこう》では、向井《むかい》ゆみさんと、アグネスとか、歌手《かしゅ》の話《はなし》をする。

向井《むかい》さんは、郷《ごう》ひろみのファンで、わたしに、郷《ごう》ひろみのどこがかっこいいのかを、いろいろせつめいしてくれる。

「本名《ほんみょう》はね、はらたけひろみ、っていうんだよ」

「ふうん」

そして向井《むかい》さんは『男《おとこ》の子《こ》女《おんな》の子《こ》』という歌《うた》をうたってくれる。だからわたしも、その歌《うた》をおぼえてしまった。

向井《むかい》さんは、お姉《ねえ》さんがいて、さいしょにお姉《ねえ》さんが郷《ごう》ひろみのファンになって、えいきょうされたらしい。

二《に》年《ねん》生《せい》

○バレエ教室《きょうしつ》

わたしは四月《しがつ》から二年生《にねんせい》になった。そしてタケルは今年《ことし》、二葉《ふたば》ようちえんに入《にゅう》えんした。

三月《さんがつ》の入《にゅう》えんのてつづきの時《とき》、わたしは、タケルとお母《かあ》さんに、ついていった。するとようちえんの二《に》かいから、バレエのかっこうをした、三人《さんにん》のおねえさんたちが、おりてきた。

そこには、かんばんがあって、

「森利子《もりとしこ》バレエスタヂオ」

と、書《か》いてあった。

わたしはさいきん、テレビで『赤《あか》い靴《くつ》』というバレエのドラマを見《み》ていて、小田《おだ》切美保《ぎりみほ》にあこがれていたので、すぐ、

「ねえ、お母《かあ》さん、バレエならいたい！」

と言《い》った。

お母《かあ》さんはびっくりして、わらっていたけれど、

「じゃあ、ちょっと、二《に》かい、見《み》てみる？」

と、言《い》ってくれて、わたしたち三人《さんにん》はバレエスタヂオに上《あ》がっていった。

すると、ちょうどレッスンは終《お》わったところで、先生《せんせい》が、かたづけをしていた。

「とつぜん、もうしわけありません、むすめが、バレエにきょうみがあるようで」

お母《かあ》さんがそう言《い》うと、先生《せんせい》は、えがおで、

「どうぞ、お入《はい》りください」

と、言《い》ってくれた。

森利子先生《もりとしこせんせい》は、目《め》が大《おお》きくて、美人《びじん》で、女《じょ》ゆうの「浅丘《あさおか》ルリ子《こ》」に、にていた。せが高《たか》くて、手《て》と足《あし》がすごく長《なが》かった。

黒《くろ》いタイツをはいて、かみのけを、みつあみにして、頭《あたま》の上《うえ》でぐるぐるまきにしていた。

「レッスンは毎週土《まいしゅうど》よう日《び》の一時半《いちじはん》からで、今日《きょう》は終《お》わりましたが、もしよろしかったら、いちど見学《けんがく》をされてみてはいかがでしょうか」

先生《せんせい》はそう言《い》って、一枚《いちまい》の紙《かみ》をお母《かあ》さんにわたした。

そこには「ボリショイ……A《エー》・A《エー》・グルラーモフ氏《し》に……」とか「ニューヨークシティバレエ　ロイ・トバイヤス氏《し》に……」とか書《か》いてあった。

きっと森先生《もりせんせい》は、外国《がいこく》でバレエを習《なら》ったのだと思《おも》った。

わたしとお母《かあ》さんが、先生《せんせい》と話《はな》していると、またタケルがスタジオの中《なか》を走《はし》り回《まわ》ったりして、うるさかったので、お母《かあ》さんはあわてて、

「ありがとうございます、では、またうかがいます」

と言《い》って、タケルの手《て》をひっぱって、出口《でぐち》のほうに歩《ある》いていった。

わたしもお母《かあ》さんのうしろをついていった。

ふりかえると、森先生《もりせんせい》は、やさしく、えがおで、わたしに手《て》をふってくれた。

わたしはうれしくなって、

（ぜったい、森先生《もりせんせい》にバレエを習《なら》いたい！）

と思《おも》った。

そして帰《かえ》り道《みち》で、

「おどろう赤《あか》いくつ〜♪」

と、テレビドラマの歌《うた》をうたいながら、バレリーナのものまねをした。

○タケルのいやいやようちえん

タケルは、ようちえんに、かよい始《はじ》めて、さいしょは楽《たの》しそうにかよっていたけれど、ある日《ひ》の朝《あさ》、

「やだやだ、行《い》きたくない」

と言《い》ってなきだした。

「どうして行《い》きたくないの？」

と、お母《かあ》さんがきいても、タケルは、

「いやなものはいやなんだ！」

と言《い》って、なんで行《い》きたくないのか、言《い》わなかった。

お父《とう》さんが、

「しょうがないなぁ、じゃあお父《とう》さんが、おむかえのバスのところまで、いっしょに行《い》ってあげるから」

と言《い》って、タケルと手《て》をつないで、うちのげんかんを出《で》ていった。

そのあと、わたしは小学校《しょうがっこう》に行《い》く時間《じかん》になってしまったので、タケルがどうなったか、わからなかった。


けれど帰《かえ》ってきてから聞《き》いた話《はなし》だと、タケルはおむかえのバスの所《ところ》までは行《い》ったけれど、バスがとうちゃくすると、でんちゅうにしがみついて、

「やだー、行《い》きたくないー、お父《とう》さんだって、大学《だいがく》に行《い》きたくないこと、あるじゃないかー」

と、なきながら、さけんだらしい。

お父《とう》さんは、しかたなく、

「わかった、わかった、今日《きょう》は行《い》かなくてもいいから」

と言《い》ってしまったらしい。

わたしは（あーあ、タケルは、お父《とう》さんに言《い》ってはいけないことを言《い》ってしまった）と、思《おも》った。

けれど、タケルは、そんなことは気《き》にしないで、家《いえ》の中《なか》で、ミニカーやプラレールであそんでいた。

お母《かあ》さんが、

「タケルがようちえんに行《い》きたくないりゆうが、わかったのよ」

と言《い》った。

「でんわで、ようちえんの先生《せんせい》と話《はな》したの。タケルはどうやら、一番番長《いちばんばんちょう》になれなかったらしいの。ツヨシくんっていう、一番番長《いちばんばんちょう》がいて、ケンカでまけちゃったらしいの」

「へぇー」

わたしたちが話《はなし》をしていると、げんかんのブザーがなった。

「だれかしら？」

お母《かあ》さんはドアの「のぞきまど」のツマミをもちあげて、外《そと》をのぞいた。

「あら、まさこちゃん、いらっしゃい」

まさこちゃんは、タケルのようちえんのお友《とも》だちで、うちと同《おな》じアパートの七《なな》かいにすんでいる。

「タケルくん、いますか？」

まさこちゃんのこえをきいて、タケルは、すぐに、げんかんに走《はし》っていった。

「まさこちゃん！」

「今日《きょう》、タケルくんがいなかったから、つまんなかったの。明日《あした》はきてね、バイバイ！」

それだけ言《い》うと、まさこちゃんは、すぐかえってしまった。

タケルは、それから、きゅうに元気《げんき》になって、

「明日《あした》はようちえん、行《い》く！」

と言《い》った。

○郷《ごう》ひろみと楽天地《らくてんち》で会《あ》う

きのう、学校《がっこう》が終《お》わって、家《いえ》に帰《かえ》るとちゅう、いつものように楽天地《らくてんち》の前《まえ》をとおったら、十人《じゅうにん》くらいの人《ひと》がひろばにあつまってザワザワしていた。

（なんだろう？）

と思《おも》って、人《ひと》だかりの前《まえ》にいってみたら、郷《ごう》ひろみが立《た》っていてびっくりした。

郷《ごう》ひろみは、白《しろ》くてキラキラ光《ひか》るスーツを着《き》て、ニコニコしていた。

郷《ごう》ひろみの前《まえ》には、金色《きんいろ》のポールが二本《にほん》あって、そこに赤《あか》いひもがかけられていて、それいじょう、近《ちか》よれないようになっていた。

わたしは、一番前《いちばんまえ》までいって、郷《ごう》ひろみをじっと見《み》つめた。とってもきれいな顔《かお》をしていて、足《あし》がすごく長《なが》かった。

郷《ごう》ひろみは、わたしにニッコリしてくれた。

しばらく見《み》とれていると、けいびいんのおじさんに、

「そこのランドセルのおじょうちゃん、もう少《すこ》し下《さ》がってね」

と、言《い》われてしまった。

でも郷《ごう》ひろみは、スターなのに、見《み》ている人《ひと》は少《すく》なかった。

見《み》ているのは、おじさんばっかりで、女《おんな》の人《ひと》は、わたしのほかに、一人《ひとり》もいなかった。

郷《ごう》ひろみが楽天地《らくてんち》に来《く》ることは、大《おお》さわぎになるから、ひみつだったのかもしれない。


そしてけさ、学校《がっこう》に行《い》って、さっそく向井《むかい》さんにほうこくした。

「きのう、郷《ごう》ひろみに、楽天地《らくてんち》の前《まえ》で会《あ》ったんだよ！」

「えーえーえー、うそ、うそ、うそ！」

向井《むかい》さんは、口《くち》に手《て》をあてて、さけび声《ごえ》をあげたり、足《あし》をバタバタさせたり、こ

うふんして、

「えいがのせんでんかなぁー、こんど、フォーリーブスと出《で》るから。あーん、もう、ざんねん」

と言《い》っていた。

わたしも、ざんねんだった。

わたしよりも、向井《むかい》さんが、あの場所《ばしょ》にぐうぜんいてくれたら、って思《おも》った。

○上野《うえの》どうぶつえんのパンダ

きょねん、中国《ちゅうごく》から上野《うえの》どうぶつえんにランランとカンカンがやってきた。

それからわたしは、

「ねえ、お父《とう》さん、パンダ見《み》にいこうよ！」

と、しょっちゅういっていた。でもお父《とう》さんはいつも、

「そうだなぁ、こんど」

と、ばっかりいっていた。

「ねぇ、こんどって、いつー？」

と、きくと、かならず、

「こんどは、こんどだよ」

というだけで、ほんとうにつれてってくれるか、わからなかった。そして、

「上野《うえの》どうぶつえんの他《ほか》に、下野《したの》どうぶつえんっていうのがあってね、そこにいるどうぶつはねぇ……」

と、ちがう話《はなし》をしてくれた。

わたしは（お父《とう》さんは、作《つく》り話《ばなし》をして、つれていくことをごまかしてる）と思《おも》ったけれど、もしかしたら本当《ほんとう》に下野《したの》どうぶつえんもあるのかもしれない、と考《かんが》えたりしていた。


でもこんどは、とうとう、ほんとうに、上野《うえの》どうぶつえんに行《い》くことになった。

お父《とう》さんは仕事《しごと》だったからいかなかったけれど、わたしと、タケルと、お母《かあ》さん、

それからゆうくん、さとみちゃん、ゆうくんのおばさん、やよいちゃん、やよいちゃんのおばさんといっしょに行《い》くことになった。

そうぜい八人《はちにん》。

錦糸町《きんしちょう》の駅《えき》から、そうぶ線《せん》にのって、あきはばらで山手線《やまのてせん》にのりかえる。

上野《うえの》の駅《えき》におりると、たくさんの人《ひと》がいた。

そしてパンダの場所《ばしょ》には、長《なが》い長《なが》いぎょうれつが、できていた。

わたしたち八人《はちにん》は、ぎょうれつの最後《さいご》にならんで、少《すこ》しずつすすんでいった。

一時間以上《いちじかんいじょう》、ならんだかもしれない。

「あともう少《すこ》しでパンダが見《み》れる！」

という時《とき》は、ドキドキしたけれど、じっさいに見《み》れたのは、ほんのいっしゅんだった。

係《かかり》のおじさんが、

「はい、立《た》ち止《ど》まらないで、そのまますすんでくださーい」

とスピーカーでどなっていたので、じっくり見《み》れなかった。

ガラスでかこまれた部屋《へや》のおくのほうに、ランランとカンカンっぽいものが、見《み》えた。

すごくあつかったから、ガラスはくもっていたし、ランランとカンカンも、ぜんぜんうごかなかったから、あんまりおもしろくなかった。でも、

「本物《ほんもの》のパンダを本当《ほんとう》に見《み》たんだ！」

と思《おも》うと、すごくこうふんした。

パンダコーナーを出《で》てから、ゾウやサルのコーナーも見《み》た。

とちゅうで、やよいちゃんが、まいごになってしまったけれど、まいごのアナウンスをしてもらって、ぶじに見《み》つかった。

○火事《かじ》のゆめ

お父《とう》さんは、たまに、夜中《よなか》に「ねごと」を言《い》う。

「いたい、いたい」とか「にげろー」とか、大声《おおごえ》で言《い》うので、お母《かあ》さんも、タケル

も、わたしも、目《め》がさめてしまう。

この前《まえ》、お父《とう》さんは、夜中《よなか》にねぼけて、しょうぼうしょに電話《でんわ》をしてしまった。

「うちが火事《かじ》です！」

しゃべっている時《とき》、お母《かあ》さんが目《め》がさめて、あわててお父《とう》さんを止《と》めた。そして
じゅわきを取《と》って、しょうぼうしょの人《ひと》に、

「すみません、まちがいです、火事《かじ》ではありません」

と伝《つた》えた。

けれど、すぐ、

「ウーウーウー、カンカンカン」

と、しょうぼう車《しゃ》の音《おと》が近《ちか》づいてきた。そして、うちのアパートの下《した》に、二台《にだい》の
しょうぼう車《しゃ》が止《と》まった。

夜中《よなか》なのに、やじうまの人《ひと》がたくさん集《あつ》まってきて、ザワザワしていた。

お父《とう》さんは、うちのベランダから下《した》にむかって、

「みなさーん、火事《かじ》ではありませーん、お引《ひ》き取《と》りくださーい」

とさけんだ。

けれど、しょうぼうしの人《ひと》たちが、うちまで来《き》て、お父《とう》さん、お母《かあ》さんと話《はな》していた。

「大学《だいがく》ふんそうで、びょうきになりまして……」

となりのゆうくんのおじさんおばさん、やよいちゃんのおじさんおばさんも、うちの前《まえ》にきて、あやまってくれた。

しばらくすると、しょうぼうしの人《ひと》たちと、しょうぼう車《しゃ》は帰《かえ》っていった。

わたしは、またねむくなって、ねてしまった。


朝《あさ》、目《め》がさめると、お父《とう》さんはいつものようにテレビを見《み》ながら、新聞《しんぶん》を読《よ》んで、パンを食《た》べていた。

「ねえ、お父《とう》さん、きのう、夜中《よなか》、何《なん》のゆめ見《み》てたの？　こわいゆめ？」

わたしが聞《き》くと、お父《とう》さんは、

「きのう？　何《なん》のゆめだったかなぁ、忘《わす》れちゃったなぁ、またお父《とう》さん、ねごと言《い》ってたかな？」

と、えがおで言《い》った。

「だって、お父《とう》さん、しょうぼうしょに電話《でんわ》したでしょ？　しょうぼう車《しゃ》が二台《にだい》、来《き》たでしょ？」

「トウコは、何《なに》か、こわいゆめを見《み》たのかな？　しょうぼう車《しゃ》なんて来《き》てないよ」

わたしは、お父《とう》さんが、とぼけているのかと思《おも》って、お母《かあ》さんの顔《かお》を見《み》た。

するとお母《かあ》さんは、

「だいじょうぶよ、しょうぼう車《しゃ》なんて来《き》てないわよ」

と言《い》った。

わたしは、わからなくなった。ぜったいに、しょうぼう車《しゃ》が来《き》たはずなのに。

でもわたしがゆめを、見《み》ただけなのかなぁ。

その話《はなし》は、けっきょく、その朝《あさ》だけで終《お》わってしまった。

三《さん》年《ねん》生《せい》

○クラスがえ

こんど三年生《さんねんせい》になって、クラスがえがあった。

ようちえんの時《とき》にいっしょだった「たいちょう」が、こんどは同《おな》じクラスになった。

わたしはとってもうれしかったけれど、ようちえんの時《とき》みたいに、たいちょうをおっかけたり、話《はな》しかけることは、できなくなった。

何《なん》だかはずかしい、って思《おも》うから。

たいちょうは、ようちえんの時《とき》も、今《いま》も、自分《じぶん》からは、話《はな》しかけたりしない。

だから、わたしのことをすきなのか、きらいなのか、わからない。

担任《たんにん》の先生《せんせい》は、川島《かわしま》しず先生《せんせい》になった。川島先生《かわしませんせい》は四十五歳《さい》で、とてもきびしい。勉強《べんきょう》もきびしいし、そうじのしかたや、ぞうきんのあらいかた、しぼりかたなども、細《こま》かく教《おし》えてくれる。

わたしは、そんなに勉強《べんきょう》も、そうじも、とくいではないので、きびしい先生《せんせい》になって、ちょっと悲《かな》しかった。

新学期《しんがっき》、学校《がっこう》から親《おや》に、いろいろな手紙《てがみ》がくる。

わたしは、新学期《しんがっき》すぐに、そういう手紙《てがみ》をお母《かあ》さんに渡《わた》し忘《わす》れてしまった。お母《かあ》さんからの返事《へんじ》を、先生《せんせい》に出《だ》さなくてはいけなかったのに、持《も》ってこなかった。

先生《せんせい》は、

「次《つぎ》からは、忘《わす》れないようにしてくださいね」

と、言《い》った。

「はい」

わたしは、小《ちい》さな声《こえ》で返事《へんじ》をした。ちょっときんちょうしてしまった。

○忘《わす》れ物《もの》の女王《じょおう》

わたしはしょっちゅう考《かんが》えごとをしているせいか、忘《わす》れ物《もの》をよくしてしまう。

忘《わす》れる物《もの》は、ていしゅつする手紙《てがみ》、宿題《しゅくだい》、たいそうぎ、えのぐセット、ぞうきん、などなど。

じぶんでは（次《つぎ》はきをつけよう）と思《おも》うけれど、次《つぎ》もまた忘《わす》れ物《もの》をしてしまう。

ある日《ひ》、川島先生《かわしませんせい》は、教室《きょうしつ》の後《うし》ろに、「もぞうし」をはって、

「忘《わす》れ物《もの》をした人《ひと》は、自分《じぶん》でここに名前《なまえ》を書《か》いて、ぼうグラフにして、書《か》きこんでいってください」

と言《い》った。

わたしは、自分《じぶん》の名前《なまえ》がはりだされるのは、はずかしかった。

けれど、忘《わす》れ物《もの》はへらなかったので、しばらくすると、わたしの名前《なまえ》の上《うえ》のぼうグラフだけが、ひょーんと、一番高《いちばんたか》くなっていた。

お母《かあ》さんに、そのことはナイショにしていたけれど、じゅぎょうさんかんの時《とき》に、
それがばれてしまった。

お母《かあ》さんは、

「まったくもう、はずかしくって、顔《かお》から火《ひ》が出《で》るかと思《おも》ったわ」

と言《い》った。

よく日《じつ》から、わたしが朝《あさ》、家《いえ》を出《で》る時《とき》、お母《かあ》さんがかならず、

「忘《わす》れ物《もの》はないの？」

と聞《き》くようになった。

「忘《わす》れ物《もの》？　ないよ！」

とわたしはいつも返事《へんじ》した。

それはいつも、宿題《しゅくだい》が出《だ》されたことを、忘《わす》れてしまっていたから。

そして学校《がっこう》で、じゅぎょうが始《はじ》まると、

(あー、今日《きょう》も忘《わす》れ物《もの》しちゃった)

と気《き》づく。

どうしたら、忘《わす》れ物《もの》ってなくなるのかなぁ。

○やよいちゃんちで紅茶《こうちゃ》とケーキ

日《にち》ようびに、やよいちゃんちに行《い》くと、やよいちゃんのおじさんが、お休《やす》みでいる。

おじさんのしゅみは、FM《エフエム》でクラシック音楽《おんがく》を聞《き》くことなので、日《にち》ようび、やよいちゃんちでは、いつもクラシックがながれている。

わたしは「モーツァルト」の曲《きょく》をおぼえた。

おじさんは、えいがも好《す》きで、とくに「寅《とら》さん」が一番《いちばん》好《す》きらしい。

おじさんは、楽天地《らくてんち》でえいがを見《み》てから、駅前《えきまえ》のパン屋《や》さん「カスタード」でケーキを買《か》ってきてくれる。

「カスタード」は、さいきん新《あたら》しくできた、すごくハイカラなパン屋《や》さん。入《い》り口《ぐち》に、おぼんと、パンをつまむやつが、おいてあって、自分《じぶん》で好《す》きなパンをおぼんにのせて、最後《さいご》にお金《かね》をはらう。

こういうお店《みせ》は、初《はじ》めてだったから、はじめはすごくドキドキした。

やよいちゃんのおじさんは、カスタードでケーキを買《か》ってくると、いつも、

「トコちゃん、どのケーキがいい？」

と、わたしにさいしょにきいてくれる。

わたしは、すごくうれしくなる。うちではケーキを買《か》うことはめったにないし。

「あたし、ショートケーキにする」

と言《い》うと、やよいちゃんが、

「あたしも、トコちゃんと、おんなじのがいい」

と言《い》って、ショートケーキをえらんだ。

「やよいは、何《なん》でもトコちゃんといっしょがいいのよねー」

おばさんはそう言《い》いながら、紅茶《こうちゃ》をいれてくれる。レモンもついている。

やよいちゃんとわたしは、だいたい毎日《まいにち》いっしょにあそんでいるので、姉妹《しまい》みたいだと思《おも》う。

このまえ、やよいちゃんが、三日間《みっかかん》、名古屋《なごや》のおじいちゃんちに行《い》っていた。

その時《とき》は、すごくさびしかった。

やよいちゃんも、同《おな》じきもちかなぁと思《おも》ったけれど、まだ四歳《よんさい》で小《ちい》さいから、わからないみたいで、ちょっとざんねんだった。

でもやよいちゃんのおじさんとおばさんは、

「トコちゃん、いつもやよいのめんどう見《み》てくれて、ありがとね」

と言《い》ってくれる。

ずっとやよいちゃんと、いっしょにあそべたらいいいな。

○『おはよう！　こどもショー』

四《よん》チャンでやっている『おはよう！　こどもショー』のたいそうのコーナーは、いつもふつうの子《こ》どもたちがしゅつえんしていて、さいごに、

「しゅつえんしたい子《こ》は、こちらまでおハガキを！」

と、テレビ局《きょく》の住所《じゅうしょ》が出《で》る。

そしてこのまえ、ゆうくんのおばさんがハガキを出《だ》したら、何《なん》と、とうせんしたらしい。

「トコちゃん、タケルくん、やよいちゃんも出《で》られるから、みんなでいっしょに行《い》こう」

と、ゆうくんのおばさんが言《い》ってくれて、上野《うえの》どうぶつえんに行《い》った時《とき》のように、お母《かあ》さん三人《さんにん》と、子《こ》どもたち五人《ごにん》で、電車《でんしゃ》にのって、テレビ局《きょく》へ行《い》った。

スタジオに入《はい》った時《とき》は、すごくドキドキした。テレビで見《み》るよりも、せまくて、くらかった。

ロバくんやキャロラインようこちゃんに会《あ》いたいなと思《おも》ってさがしたけれど、ざんねんながら、いなかった。

でも体《たい》そうのお兄《にい》さんの、峰竜太《みねりゅうた》と、海老名《えびな》みどりちゃんの、えびなみどりには会《あ》えた。二人《ふたり》ともテレビで見《み》るよりもずっとすてきだった。

スタジオのはじに、金魚《きんぎょ》が泳《およ》いでいる小《ちい》さなすいそうがあって、後《うし》ろにテレビカメラが立《た》っていた。

「あ、これは、みんなが海《うみ》で泳《およ》いでるシーンで使《つか》われてるやつだ！」

カメラと子《こ》どもたちの間《あいだ》に、このすいそうを置《お》くと、テレビでは、まるで海《うみ》の中《なか》を金魚《きんぎょ》といっしょに泳《およ》いでいるように見《み》える、ってことがわかった。

「では、しゅつえんする子《こ》は、こちらに集《あつ》まってくださーい」

テレビ局《きょく》の人《ひと》が言《い》った。

ゆうくん、タケル、やよいちゃんがカメラの前《まえ》に歩《ある》いていった。

さとみちゃんは、まだ赤《あか》ちゃんなので、しゅつえんはしなかった。

「トコちゃんはテレビ出《で》ないの？」

やよいちゃんのおばさんが言《い》った。

「ううん、出《で》ない」

「何《なん》で？　せっかく来《き》たんだから、出《で》ればいいのに」

お母《かあ》さんが言《い》った。

「いいの、出《で》ないの！」

わたしは言《い》った。

何《なん》だか「こどもショー」に出《で》るのが、はずかしくなってしまったから。もうわたしは「こども」じゃない、って思《おも》ったから。

もしクラスのだれかが、それを見《み》て、わたしを見《み》つけたら、はずかしい、って思《おも》ったから。

でもそれをお母《かあ》さんに説明《せつめい》するのもはずかしかったので、何《なに》も言《い》わなかった。

さつえいは、あっというまに終《お》わって、テレビでのほうえいは一週間後《いっしゅうかんご》だと聞《き》いた。

ほうえい当日《とうじつ》、それぞれのかぞくみんなで、ドキドキしながら『おはよう！　こどもショー』を見《み》た。

テレビの中《なか》で、ゆうくん、タケル、やよいちゃんが、たいそうしたり、走《はし》ったりしていた。

タケルがねっころがったとき、カメラがアップになって、鼻《はな》の穴《あな》がすごく大《おお》きくうつったので、みんなでわらってしまった。

あの、すいそうの金魚《きんぎょ》も、すごく大《おお》きくうつっていた。

○台風《たいふう》のニュースと、玉川《たまがわ》の家《いえ》

このまえ、ニュースを見《み》ていたら、大雨《おおあめ》で、玉川《たまがわ》の水《みず》があふれたと、アナウンサーが言《い》っていた。

テレビでは、川《かわ》のそばにたっている家《いえ》が、もう少《すこ》しで水《みず》につかりそうになっていた。

「玉川《たまがわ》のおばちゃんち、だいじょうぶかな」

わたしは、とてもしんぱいになった。

お母《かあ》さんもしんぱいして、玉川《たまがわ》のおばちゃんちに電話《でんわ》しようとした。

すると、ちょうど、うちの電話《でんわ》がなった。玉川《たまがわ》のおばちゃんからだった。

「ヨコちゃん？　だいじょうぶ？　うん、うん、そうなの、わかった。気《き》をつけてね、じゃあ」

うちのお母《かあ》さんは、玉川《たまがわ》のよしこおばちゃんのことを「ヨコちゃん」とよぶ。

「おばちゃん、なんだって？」

「おばちゃんちは、テレビにうつってた家《いえ》から、かなり遠《とお》いけど、ねんのため、ひなんするそうよ。だいじょうぶだから、しんぱいしないでって」

「だいじょうぶなの？　よかった」

わたしは、ちょっと安心《あんしん》した。

よくじつ、ざんねんながら、すうけんの家《いえ》が、川《かわ》にながされてしまった。

玉川《たまがわ》のおばちゃんの家《いえ》はだいじょうぶだったけれど、また大雨《おおあめ》になったら、あぶないかもしれないので、何《なん》カ月《げつ》かして、ひっこしが決《き》まった。

「国《くに》か県《けん》で決《き》まったことみたいよ。おばちゃんの家《いえ》があったところは、道路《どうろ》になるらしいの。そのかわり、ちゃんと、別《べつ》な土地《とち》が用意《ようい》されるそうよ」

玉川《たまがわ》のおばちゃんの家《いえ》は、川《かわ》のむこうがわ、かながわ県《けん》がわにある。

「もう、玉川《たまがわ》の近《ちか》くじゃなくなったら、玉川《たまがわ》のおばちゃん、玉川《たまがわ》のお姉《ねえ》ちゃん、ってよべなくなっちゃうね」

「たしかにそうねぇ」

「あの、玉川《たまがわ》のきれいな家《いえ》が、とりこわされちゃうの？」

「そうねぇ、まだ新《あたら》しいのにね」

「うん」

わたしは、かなしかった。でも、安全《あんぜん》のためだから、しょうがない。

それに、台風《たいふう》の時《とき》に、流《なが》されちゃった家《いえ》の人《ひと》たちの方《ほう》が、かわいそうだと思《おも》った。

ニュースでやっていたけれど、アルバムや、きものなど、思《おも》い出《で》のものも、みんな流《なが》されてしまったらしい。

○タケルと大《おお》だいこ

タケルは、ようちえんに入《はい》った時《とき》、番長《ばんちょう》になれなくって、泣《な》いていた。

その後《ご》、番長《ばんちょう》になれたかどうかは、わからないけれど、友《とも》だちもたくさんできて、今《いま》は楽《たの》しそうにようちえんにかよっている。

タケルが一番楽《いちばんたの》しみにしているのは、給食《きゅうしょく》の時間《じかん》みたい。

二葉《ふたば》ようちえんは、おすしの給食《きゅうしょく》が出《で》る。

タケルが「おすし、おすし」って言《い》っているのは、「おいなりさん」や「のりまき」だけれど、タケルはいつもよろこんで食《た》べているみたい。

タケルはくいしんぼうなので、同《おな》じ年長組《ねんちょうぐみ》の中《なか》で、いつのまにか一番大《いちばんおお》きくなった。

そして、秋《あき》のうんどうかいで、「こてきたい」をやることになって、タケルが「大《おお》だいこ」のたんとうに、選《えら》ばれた。

お母《かあ》さんは、

「大《おお》だいこは、一人《ひとり》しかいなくって、一番前《いちばんまえ》で、音《おと》も大《おお》きいから、みんなを引《ひ》っぱっていく、大事《だいじ》なやくわりなのよ」

と、うれしそうだった。

でも、もっと一番前《いちばんまえ》にならぶのは、「しきしゃ」で、タケルとなかよしの、まさこちゃんが、「しきしゃ」に選《えら》ばれた。

まさこちゃんは、はきはきして、とってもしっかりしているから、選《えら》ばれたんだと思《おも》う。

うんどうかいに、わたしは行《い》かなかったけれど、あとで写真《しゃしん》ができあがってきた。

タケルがまじめな顔《かお》をして、大《おお》だいこを、たたいていた。

タケルの前《まえ》には、まさこちゃんが、しきぼうをもって、足《あし》ぶみをしていた。かわいくって、かっこよかった。

後《うし》ろの方《ほう》には、小《こ》だいこ、シンバル、ふえをもった子《こ》どもたちが、五十人《にん》くらい、ならんでいた。

「こんなに、子《こ》どもたち、いるんだねー、それでタケルが大《おお》だいこに選《えら》ばれたんだから、すごいね」

わたしが言《い》うと、お母《かあ》さんは、

「そうよ！　タケルはすごいのよ！」

と、すごくうれしそうだった。

お母《かあ》さんは、わたしのことも、タケルのことも、「同《おな》じぐらい大事《だいじ》で、かわいい」って、いつも言《い》ってるけれど、やっぱり一番下《いちばんした》の子《こ》が一番《いちばん》かわいいんじゃないかな、と思《おも》うことがある。

タケルを見《み》ると、わたしたちの話《はなし》はぜんぜん聞《き》いてないみたいで、いつものようにミニカーをならべて遊《あそ》んでいた。

○バレエの発表会《はっぴょうかい》

わたしは二年生《にねんせい》になった時《とき》からバレエを習《なら》い始《はじ》めて、もう一年半続《いちねんはんつづ》いている。まだトウシューズは、はいていないけれど、今年《ことし》はわたしも、とうとうバレエの発表会《はっぴょうかい》に出《で》ることになった。

わたしの役《やく》は、兵《へい》たいで、いしょうは、長《なが》い帽子《ぼうし》と、金《きん》のふさふさの付《つ》いた赤《あか》いブレザー。

兵《へい》たいさんは、わたしの他《ほか》に七人《しちにん》いる。そして高校生《こうこうせい》のお姉《ねえ》さんの後《うし》ろで、一列《いちれつ》になっておどる。

発表会《はっぴょうかい》は中野《なかの》だから、ちょっと遠《とお》い。

でもゆうくん、さとみちゃん、やよいちゃん、おばさんたちも見《み》に来《き》てくれた。

わたしは、（ふりつけを、まちがえないようにしなくっちゃ）と思《おも》って、きんちょうした。

発表会《はっぴょうかい》が始《はじ》まって、三十分《ぷん》くらいすると、兵《へい》たいの曲《きょく》が流《なが》れてきた。

わたしたち、兵《へい》たい役《やく》の八人《はちにん》は、おどりながらステージに出《で》た。

ライトがまぶしかった。リズムに合《あ》わせておどっていると、ドキドキするんだけど、とっても楽《たの》しかった。

さいごに、左手《ひだりて》で「けいれい」のポーズをして、右手《みぎて》は、こしのところ。そして両足《りょうあし》をそろえて、おどりは終《お》わった。

みんなの大《おお》きなはくしゅが聞《き》こえた。

わたしは、かんどうして、泣《な》きそうになった。


わたしは、さいきん、そんなにバレエがすきじゃない、って思《おも》い始《はじ》めていた。

習《なら》い始《はじ》めた時《とき》の、うれしい気持《きも》ちは、今《いま》はそんなにない。

体《からだ》がかたいし、覚《おぼ》えるのもおそい。

レッスンに行《い》く時《とき》、ちょっとめんどくさいなって思《おも》う時《とき》もある。

でも今日《きょう》は「バレエを習《なら》っていてよかった」と思《おも》った。

高校生《こうこうせい》のお姉《ねえ》さんたちのように、ずっと続《つづ》けたら上手《じょうず》になれるのかな。

お姉《ねえ》さんたちは、勉強《べんきょう》もいそがしいので、たまにレッスンを休《やす》む時《とき》がある。

そして、休《やす》んだ次《つぎ》の週《しゅう》、森利子先生《もりとしこせんせい》に、

「一週間《いっしゅうかん》、レッスンを休《やす》むと、体《からだ》が重《おも》くなるでしょう？」

と、言《い》われていた。

やっぱり、バレエは、きびしい世界《せかい》なんだと思《おも》う。

○横須賀《よこすか》

ある日《ひ》、お父《とう》さんが、

「春《はる》からお父《とう》さんは横浜《よこはま》の大学《だいがく》で、はたらくことになったよ。横浜《よこはま》のとなりの横須《よこす》賀《か》に引《ひ》っこすから、トウコもてんこうするよ」

と言《い》った。

「えー、てんこうせいになるの？」

わたしは、新《あたら》しい小学校《しょうがっこう》の教室《きょうしつ》で、みんなの前《まえ》に立《た》っている自分《じぶん》をそうぞうした。

「沖山《おきやま》トウコです。東京《とうきょう》からひっこしてきました」

クラスのみんなが（トウコさんって、どんな子《こ》だろう）と、わたしにちゅうもくしている。

横須賀《よこすか》っていうのは、山口百恵《やまぐちももえ》のしゅっしん地《ち》だから、知《し》っている。前《まえ》に、一度《いちど》、海《うみ》に泳《およ》ぎに行《い》ったことがある。海《うみ》や山《やま》があって、錦糸町《きんしちょう》とはぜんぜん違《ちが》うところだった。

何《なん》だか、ドキドキ、ワクワクしてきた。

でも、やよいちゃんには、何《なん》て言《い》おう。わたしが引《ひ》っこすんだと知《し》ったら、やよいちゃんはすごく悲《かな》しむと思《おも》う。

数日後《すうじつご》、わたしは、やよいちゃんに、

「こんど、引《ひ》っこすんだけど、うちが引《ひ》っこした後《あと》に、引《ひ》っこしてくる人《ひと》も、お姉《ねえ》さんだから、さびしくないよ」

と伝《つた》えた。

わたしは、やよいちゃんが、さびしくならないようにと、いっしょうけんめい、言葉《ことば》を考《かんが》えて、そう伝《つた》えた。

うちが引《ひ》っこした後《あと》には、お父《とう》さんの妹《いもうと》の、知子《ともこ》おばちゃんが、住《す》む予定《よてい》だった。

知子《ともこ》おばちゃんは、二十六歳《さい》だけれど、まだけっこんしてないし、お姉《ねえ》さん、って言《い》っても、うそではないと思《おも》う。

だけど、どっちかっていうと、お母《かあ》さんの年《とし》に近《ちか》いし、もしかしたら、お姉《ねえ》さんっていうのは、うそになるかもしれない。

やよいちゃんは、

「トコちゃんみたいなお姉《ねえ》さんが来《く》るの？」

と聞《き》いたので、わたしは、

「うん、そうだよ」
と答《こた》えてしまった。そして、心《こころ》の中《なか》で（そんなこと、言《い》ってしまっていいのかなぁ）と、こうかいしていた。

その数日後《すうじつご》、やよいちゃんは、うちにあそびに来《き》ている時《とき》、うちのお母《かあ》さんに、
「ねえ、おばさん、こんどひっこしてくるかぞくにも、お姉《ねえ》さんがいるんでしょ。
トコちゃんに聞《き》いたの」
と聞《き》いた。わたしはドキッとして、下《した》を向《む》いた。
（うそを言《い》ったことが、お母《かあ》さんに、ばれてしまう）と思《おも》った。
お母《かあ》さんは、わたしの顔《かお》をじろっと見《み》たような気《き》がした。そして、
「うーん？」
と、どっちでもないような返事《へんじ》をした。
お母《かあ》さんは、川島《かわしま》しず先生《せんせい》へのお礼《れい》に、クリーム色《いろ》のカーデガンを、あんでいて、
それに集中《しゅうちゅう》していた。

やよいちゃんが帰《かえ》った後《あと》、しかられるかな、と思《おも》ったけれど、お母《かあ》さんは、何《なに》も言《い》わなかった。

わたしは、しばらく、やよいちゃんにうそを言《い》ってしまったことをずっと考《かんが》えてしまって、（やっぱり、うそは、いけないいな）と思《おも》った。

○どろだんごと、うさぎの本《ほん》

ひっこしの一週間《いっしゅうかん》ぐらい前《まえ》に、タケルは小《ちい》さな「はこ」を手《て》にもって、公園《こうえん》から帰《かえ》ってきた。

「それなあに？」

わたしが聞《き》くと、タケルは、

「どろだんご。ヒロシくんにもらった」

と言《い》った。中《なか》を見《み》ると、小《ちい》さなピカピカ光《ひか》る、どろだんごが入《はい》っていた。

「ヒロシくんって、前《まえ》にメンコをくれたお兄《にい》さんでしょ？」

「うん。ひっこすから、これくれた」

お母《かあ》さんも、どろだんごが入《はい》った、はこの中《なか》をのぞいた。

そのどろだんごは、ピカピカ光《ひか》って、すごく固《かた》そうだった。ヒロシくんは、きっといっしょうけんめい、作《つく》ったのだと思《おも》う。


タケルは、まだ小《ちい》さいけれど、たくさんの大事《だいじ》な友《とも》だちがいる。

ようちえんのまさこちゃんも、その一人《ひとり》。

まさこちゃんの家《いえ》に、タケルはよくあそびに行《い》っていて、いっしょに本《ほん》を読《よ》んだりしていたみたい。

そしてタケルは、

「まさこちゃんに、これ、もらった」

と言《い》って、本《ほん》を見《み》せてくれた。『しろいうさぎとくろいうさぎ』という本《ほん》だった。

さっそく、お母《かあ》さんは、まさこちゃんの家《いえ》に、お礼《れい》の電話《でんわ》をした。

その本《ほん》は、前《まえ》から、まさこちゃんのうちにあって、タケルがお気《き》に入《い》りの本《ほん》だったらしい。

わたしは、その本《ほん》を、ちょっと読《よ》んでみた。


しろいうさぎと、くろいうさぎ、二《に》ひきのちいさなうさぎが、ひろい、もりのなかに、すんでいました。

まいあさ、二《に》ひきは、ねどこからはねおきて、いちにちじゅう、いっしょにたのしくあそびました。

でもあるとき、くろいうさぎは、とてもかなしそうなかおをしました。心配《しんぱい》になったしろいうさぎがたずねると、くろいうさぎはいいます。「ぼく、ねがいごとをしているんだよ。いつも、いつも、いつまでも、きみといっしょにいられますようにってさ」。

するとしろいうさぎは「ねえ、そのこと、もっといっしょうけんめいねがってごらんなさいよ」といいます。

「これからさき、いつも、きみといっしょに、いられますように！」

「じゃ、わたし、これからさき、いつもあなたと、いっしょにいるわ」[1]

わたしは（くろいうさぎはタケルで、しろいうさぎは、まさこちゃんみたい）と、思《おも》った。

タケルとまさこちゃんは、いっしょにいられなくなっちゃったけど、うさぎたちのように「いつまでもいっしょにいたい」と、ねがったのかな、と思《おも》った。

1：『しろいうさぎとくろいうさぎ』ガース・ウィリアムズ、松岡享子《まつおかきょうこ》訳《やく》、福音館書店《ふくいんかんしょてん》、一九六五年《ねん》

○さいごの日《ひ》

三月《さんがつ》の終業式《しゅうぎょうしき》の日《ひ》、川島先生《かわしませんせい》は言《い》った。

「みなさん、こんど、沖山《おきやま》さんは、横須賀《よこすか》に引《ひ》っこすことになりました。沖山《おきやま》さん、

ちょっと前《まえ》に来《き》てください」

わたしは、川島先生《かわしませんせい》の横《よこ》にならんだ。こういう時《とき》は、何《なに》か言《い》うのかもしれないけれど、言葉《ことば》が、うかばなかった。

女《おんな》の子《こ》たちには、引《ひ》っこすことを話《はな》していたので、みんな、あまりびっくりしていなかった。

男子《だんし》たちはびっくりして、ウメちゃんが、

「えー」

と大《おお》きな声《こえ》を出《だ》した。

クラスのみんなと、会《あ》えなくなるのはさびしいけれど、それより、みんなの前《まえ》に立《た》っていることがはずかしくて、下《した》を向《む》いた。

「じゃあ、席《せき》にもどってください」

やっと川島先生《かわしませんせい》は、そう言《い》ってくれた。

教室《きょうしつ》の外《そと》に、うちのお母《かあ》さんがまっていて、川島先生《かわしませんせい》に、てあみのカーデガンをプレゼントした。

先生《せんせい》はとてもよろこんでいた。

女《おんな》の子《こ》たちと話《はな》したり、バイバイしてから、お母《かあ》さんと帰《かえ》ろうと思《おも》った時《とき》、ふりかえると、「たいちょう」がいた。

お母《かあ》さんが、

「あら、たいちょう？　ようちえんでもいっしょだった……」

と聞《き》いたので、わたしは、

「うん」

と言《い》った。そしてたいちょうに何《なに》か言《い》おうと思《おも》ったけれど、何《なん》て言《い》っていいか、わからなかった。

たいちょうも、何《なに》も言《い》わないで、わたしの顔《かお》を見《み》ていた。

お母《かあ》さんが、たいちょうに、

「おせわになりました。お母《かあ》さんは、お元気《げんき》？」

と、聞《き》くと、たいちょうは、うなずいた。

わたしは、たいちょうに、何《なに》も言《い》えなかった。バイバイ、と口《くち》で言《い》ったら、ないてしまいそうだった。

するると、たいちょうは、右手《みぎて》を頭《あたま》のところにあてて「けいれい」をした。

それは、わたしが、よく、ようちえんで、たいちょうに会《あ》ったときに、やってくれたあいさつだった。

たいちょうは、おぼえていてくれたんだ。

わたしも、ひさしぶりに、たいちょうに「けいれい」をした。

そして二人《ふたり》でわらった。

○引《ひ》っこし

日《にち》よう日《び》は、引《ひ》っこしだった。

朝《あさ》、お父《とう》さんの友《とも》だちが、トラックをうんてんして、うちにやってきた。

それから、お父《とう》さんとお母《かあ》さんのきょうだいの、しんせきのおじさん、おばさんたちが、お手伝《てつだ》いで、ぞくぞくとやってきた。

おばさんたちは、

「おべんとう、作《つく》ってきたわよ」

と言《い》って、たくさんの、おじゅうや、すいとうを、部屋《へや》の横《よこ》においた。

おじさんたちは、部屋《へや》の家具《かぐ》や、にもつを、どんどん運《はこ》んで、トラックにのせた。

わたしとタケルは、じゃまにならないように、公園《こうえん》であそんでいた。

公園《こうえん》のベンチにすわっていたら、きものをきた、七十歳《さい》ぐらいのおばあさんが、となりのベンチにすわった。

「おじょうちゃんは、このへんの子《こ》？」

「そこのアパートに……」

「この公園《こうえん》もねぇ、わたしが二十歳《はたち》でお嫁《よめ》に来《き》たときは、まだ公園《こうえん》じゃなくて、アシがいっぱい生《は》えてて、夜《よる》、せんとうに行《い》くのもこわかったのよ」

おばあさんは言《い》った。

わたしは、人形焼《にんぎょうやき》の山田屋《やまだや》のつつみ紙《がみ》に書《か》いてある、「おいてけ堀《ぼり》」の絵《え》を思《おも》い出《だ》した。

むかし、錦糸堀《きんしぼり》では、魚《さかな》つりができて、たくさんの魚《さかな》がつれたらしい。つり人《びと》が、つれた魚《さかな》をたくさんもって、夕《ゆう》ぐれ、帰《かえ》ろうとすると、堀《ほり》の中《なか》から、

「オイテケー、オイテケー」

という、こわい声《こえ》が聞《き》こえて、つり人《びと》が走《はし》って、家《いえ》にかえると、かごの中《なか》の魚《さかな》は、ぜんぶなくなっていたらしい。

そういうこわい話《はなし》が、人形焼《にんぎょうやき》の山田屋《やまだや》のつつみ紙《がみ》には書《か》いてあった。

おばあさんが二十歳《はたち》の時《とき》だと、五十年前《ねんまえ》くらいなのかな。わたしは（すごいむかしだな）と思《おも》った。

おばあさんのとなりに、むすめさんらしい三十歳《さい》ぐらいのおばさんがいて、

「わたしが子《こ》どものころは、木《き》がいっぱいでね、よく木《き》のぼりをしたり……」

と、いろいろ話《はなし》をしてくれた。想像《そうぞう》もできない話《はなし》ばっかりだった。

十二時《じ》ごろ、トラックに全部《ぜんぶ》の家具《かぐ》が、のせられた。

そして、おばさんたちが作《つく》ってくれた、おにぎりや、からあげ、玉子《たまご》やき、サンドイッチ、ポテトサラダなどを、みんなで食《た》べた。

食《た》べ終《お》わると、とうとう錦糸町《きんしちょう》とも、お別《わか》れの時間《じかん》がやってきた。

うちのお母《かあ》さんは、ゆうくんのおばさん、やよいちゃんのおばさんに、

「いろいろお世話《せわ》になりました。また落《お》ちついたらお会《あ》いしましょう」

と、あいさつをした。お母《かあ》さんは少《すこ》し、ないていた。

わたしとタケルも、ゆうくん、やよいちゃん、さとみちゃんに、

「バイバイ」

と言《い》った。

そして、お父《とう》さんとタケルは、トラックの「じょしゅせき」にのりこんだ。

わたしとお母《かあ》さんは、用賀《ようが》のおじさんの車《くるま》にのった。

車《くるま》が走《はし》り出《だ》す時《とき》、アパートの入《い》り口《ぐち》に、ゆうくん、さとみちゃん、やよいちゃん、おじさん、おばさんたちがならんで、手《て》をふっていた。

「どうぞお元気《げんき》で！」

わたしたちも手《て》をふった。

「ありがとう、ありがとうございました」

運転手《うんてんしゅ》さんがトラックを発車《はっしゃ》させた。

そして、わたしが生《う》まれてから、ずっと住《す》んでいた十階建《じゅっかいだ》てのアパートは、どんどん小《ちい》さくなっていった。

（おわり）

著者《ちょしゃ》あとがき

生《う》まれた時《とき》に住《す》んでいた家《いえ》が、まだ残《のこ》っているという人《ひと》はどれくらいいるでしょう。

昭和《しょうわ》四十年代《ねんだい》、日本《にほん》に生《う》まれた人《ひと》なら、その確率《かくりつ》はかなり低《ひく》くなると思《おも》います。

先日《せんじつ》、横浜《よこはま》生《う》まれの友人《ゆうじん》が言《い》いました。

「わたしの家《いえ》は、小《ちい》さい頃《ころ》、お風呂《ふろ》が庭《にわ》にあったの。トイレは汲《く》み取《と》り式《しき》。でも私《わたし》が小学生《しょうがくせい》の時《とき》に今《いま》の家《いえ》に建《た》て替《か》えたの」

昭和《しょうわ》四十年代《ねんだい》はまだ戦前《せんぜん》に建《た》てた家《いえ》も数多《かずおお》く残《のこ》っていたように思《おも》います。そして友人《ゆうじん》の家《いえ》と同《おな》じように、昭和《しょうわ》五十年頃《ねんごろ》に建《た》て替《か》えたり、新興住宅地《しんこうじゅうたくち》に引《ひ》っ越《こ》したりする人《ひと》が多《おお》かったのではないでしょうか。

私《わたし》は昭和《しょうわ》四十年《ねん》に東京《とうきょう》に生《う》まれました。家《いえ》は十階《じゅっかい》建《だ》てのアパートの最上階《さいじょうかい》、十《じゅっ》階《かい》にあり、トイレは水洗《すいせん》でお風呂《ふろ》も付《つ》いていました。昭和《しょうわ》三十年代後半《ねんだいこうはん》に建《た》てられたらしいので、私《わたし》が生《う》まれた頃《ころ》はほぼ新築《しんちく》だったようです。

しかし子《こ》どもの頃《ころ》はそれほどきれいな家《いえ》だと思《おも》った記憶《きおく》はありません。うるさくてごみごみした都会《とかい》の真《ま》ん中《なか》にあった灰色《はいいろ》のアパートでした。


五十年後《ねんご》の今《いま》はどうなっているだろうと数年前《すうねんまえ》に見《み》に行《い》ったことがあります。あのアパートはまだちゃんと生《い》き延《の》びて同《おな》じ場所《ばしょ》に存在《そんざい》していました。

意外《いがい》なことに、エントランス等《など》はきれいに塗《ぬ》り替《か》えられて上品《じょうひん》な佇《たたず》まいでした。レトロなエレベーターはどこかおしゃれな雰囲気《ふんいき》で、パリのアパルトマンのような風情《ふぜい》もありました。とても懐《なつ》かしかったです。

けれど錦糸町《きんしちょう》の都電《とでん》、両国《りょうごく》のやっちゃば、おでん屋《や》の屋台《やたい》、駄菓子屋《だがしや》などは、みんなくなってしまいました。

平成《へいせい》、令和《れいわ》になってからは、日本《にほん》の多《おお》くの街《まち》から、本屋《ほんや》やレコード店《てん》なども姿《すがた》を消《け》しつつあります。

八十歳《さい》を超《こ》えた母《はは》は、弟《おとうと》と私《わたし》の子《こ》どもの頃《ころ》の話《はなし》を、何度《なんど》も繰《く》り返《かえ》すようになりました。

隣《となり》に住《す》んでいた「ゆうくん」は、今《いま》は天国《てんごく》で暮《く》らしています。

だから、あの頃《ころ》の話《はなし》を、書《か》いて残《のこ》しておこう。そう思《おも》いながら、物語《ものがたり》を書《か》き始《はじ》めてみました。

これは、私《わたし》の物語《ものがたり》ですが、あなたの子《こ》どもの頃《ころ》を思《おも》い出《だ》す物語《ものがたり》にもなってくれたら幸《さいわ》いです。

二〇二二年六月《ねんろくがつ》

プチ　トウコ　Petit Toko

プチ　透子（ぷち　とうこ）

1965年、東京生まれ。慶應義塾大学文学部卒業。
現在は神奈川県に在住し、教員として横浜の大学に籍を置く。

錦糸町のトコちゃん

2023年2月7日　初版第1刷発行

著　者　プチ透子
発行者　中田典昭
発行所　東京図書出版
発行発売　株式会社 リフレ出版
〒112-0001　東京都文京区白山 5-4-1-2F
電話 (03)6772-7906　FAX 0120-41-8080
印　刷　株式会社 ブレイン

ISBN978-4-86641-593-2 C0095
Printed in Japan 2023
日本音楽著作権協会(出)許諾第2208902-201号